# La
# Revolución
## imaginada

© 2005, Texto e ilustraciones: Alfredo Vilchis

© 2005, Prólogo: Conrado Tostado y Daniel Goldin

© 2005, Abrapalabra editores, S.A. de C.V.

Primera edición:

2005, Abrapalabra editores, S.A. de C.V.

Campeche 429-3, 06140, México, D.F.

www. edicioneserres.com

ISBN: 970-9705-08-3

Diseño: Francisco Ibarra Meza

# La Revolución imaginada

Alfredo Vilchis

PINTOR DEL BARRIO

PRÓLOGO DE
Conrado Tostado y Daniel Goldin

ediciones
serreS

# Prólogo

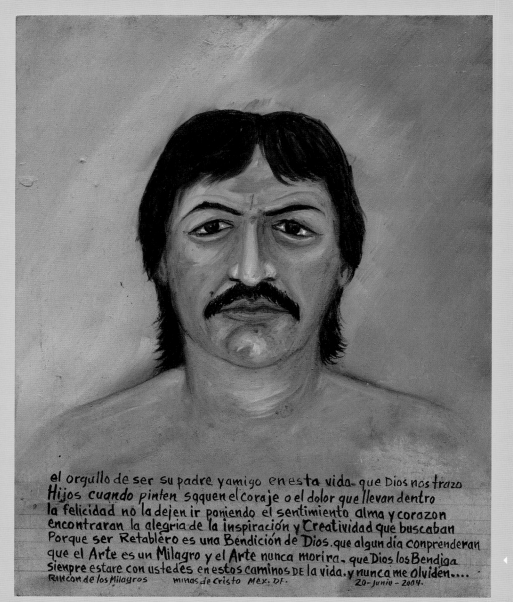

el orgullo de ser su padre, y amigo en esta vida. que Dios nos trazo
Hijos cuando pinten saquen el coraje o el dolor que llevan dentro
la felicidad no la dejen ir poniendo el sentimiento alma y corazon
encontraran la alegria de la inspiración y Creatividad que buscaban
Porque ser Retabléro es una Bendición de Dios. que algun dia conprenderan
que el Arte es un Milagro y el Arte nunca morira. que Dios los Bendiga
siempre estare con ustedes en estos caminos DE la vida. y nunca me olviden....
Rincon de los Milagros        minas de Cristo Mex. DF.                    20-Junio-2004.

*Autorretrato*, Alfredo Vilchis, 30 cm x 24 cm, óleo sobre masonite. 2004.

# COMPADECER, RECONCILIAR, SONREÍR

En este libro se entrelazan tres historias: la de la Revolución mexicana, la del exvoto, un género tradicional de pintura religiosa y la de Alfredo Vilchis, "pintor del barrio".

### DEL MURAL AL EXVOTO, MUCHO MÁS QUE UN CAMBIO DE TAMAÑO

La Revolución mexicana es un tema clásico de nuestra cultura, que se ha contado en muchas ocasiones y de distintas maneras. Cada relato ha puesto al descubierto nuevos aspectos, le ha dado sentido a episodios que no lo tenían y olvidado otros que antes parecían importantes.

Como es sabido, la Revolución fue uno de los primeros acontecimientos mundiales documentado con amplitud en fotografías y películas. Revolucionarios y periodistas fueron conscientes de la fuerza de las imágenes y se preocuparon por recabar testimonios en medio de los acontecimientos. También la relataron los propios revolucionarios, a través de corridos y memorias. Más tarde se convirtió en un tema de escritores. Así, la Revolución dio pie a un género literario: la novela de la Revolu-ción. Uno de sus primeros libros fue *Tomóchic*, de Heriberto Frías y entre los últimos figuran las novelas de la rebelión cristera. En ese conjunto se encuentran algunas de las mejores páginas de la literatura mexicana, como *La sombra del caudillo*, de Martín Luis Guzmán.

Pero más que de los testimonios de los fotógrafos o de las creaciones de novelistas, la representación dominante de la Revolución se la debemos al muralismo. Después de los grandes maestros de la Escuela mexicana de pintura, pocos artistas han vuelto al tema. Ciertos pintores —Alberto Gironella y Carlos Aguirre, por ejemplo—, rindieron homenaje a algunos héroes, Zapata primordialmente, pero nadie había vuelto a narrar el proceso en su conjunto.

En la literatura también prevaleció el deseo de ponerle un punto final al tema con obras contundentes, que fuesen a la vez testamentos y críticas distanciadas: es el caso de *La muerte de Artemio Cruz*, de Carlos Fuentes, de *Los relámpagos de agosto*, la mordaz y divertida parodia de la gesta revolucionaria escrita por Jorge Ibargüengoitia o bien, de la novela escrita por el poeta Eduardo Lizalde, *Siglo de un día*, sobre la batalla de Zacatecas.

Se tenía la impresión de que el tema estaba agotado para los artistas y que en adelante sería tratado sólo por académicos.

Pero se trata, evidentemente, de un error. Hacia el año 2002, Alfredo Vilchis emprendió su relato de la Revolución mexicana que hoy presentamos. En principio, sin el propósito de abarcarla por entero, como quien va descubriendo poco a poco un filón que lo llevaría muy lejos. Vilchis comenzó su aventura recurriendo a un formato diametralmente opuesto al mural: en lugar de las grandes superficies de los edificios públicos, utilizó pequeñas láminas de menos de 50 cm de longitud. Pero su visión es renovadora en algo más que un simple cambio de formato.

Hombre de pueblo por extracción y por decisión, Vilchis recupera con naturalidad la forma de hablar (pues recordemos que el exvoto es un género mixto en el que vale tanto la palabra como la imagen), sentir e interpretar de hombres que habitualmente habían sido vistos como partes de la "bola". Por su oficio de pintor de exvotos, ha escuchado muchas veces a personas que vivieron acontecimientos milagrosos. Por su capacidad artística sabe imaginar. Imaginar para él es identificarse y desde la identificación compadecer.

Así recreó experiencias de la Revolución desde el punto de vista de personajes que permanecían en silencio, quizá opacados por los héroes conocidos, por las voces altisonantes y los discursos ideológicos. No lo hizo desde el conocimiento, pretendidamente objetivo, que puede dar la distancia temporal. A pesar de que los acontecimientos que describe transcurrieron hace casi un siglo y de que Vilchis supo de ellos a través de libros, los retrató con urgencia testimonial. Y es que Vilchis se desdobló en su proceso creativo, jugando con su propia identidad.

Cuando me encarreré en esto hasta soñaba, me veía a mí mismo queriendo parar los golpes o tratando de detener a esa gente, escuchaba los balazos o los vidrios rotos.

Transportado por el sueño o la imaginación a la escena revolucionaria, Vilchis siente el apremio de dar testimonio:

Parece mentira, pero hay veces que las vivo, las vivo así (las escenas), en la noche, pero tengo que levantarme luego luego, al momento, y hacer el boceto o hacer lo que yo quiero hacer o me agarro directamente con el retablo y este es el resultado de ese sueño.

Aunque sea por unos instantes, el pintor se siente partícipe de la escena que retrata y obligado a relatarla.

Se vive un momentito la tensión de la Revolución, uno siente que está en el lugar y trata de ver cómo la gente caía muerta... En ese momento se mete uno en las chanclas de cualquier revolucionario y dice: "Yo lo hubiera hecho así, yo también hubiera peleado por defender a la Ciudadela…"

De allí que llame a su versión de los hechos "La Revolución imaginada".

Porque es como yo me la imagino, es un modo de jugar con las escenas y todo eso, pero apegado a la realidad.

La imaginación artística de Vilchis se legitima además porque tiene sustento en una investigación histórica, por la extraordinaria cercanía y simpatía del autor hacia sus personajes. Habla de gente como él, pero los retrata usando un género que le permite escuchar voces y experiencias silenciadas. Nos referimos al exvoto, un antiguo género plástico, casi en desuso y que jamás se había utilizado para emprender un relato histórico, acaso porque el exvoto retrata sólo instantes, tal vez porque esencialmente

muestra la acción divina, no el quehacer humano. Este género le abrió al artista posibilidades inéditas para relatar la Revolución.

De entrada, le permitió rescatar la perspectiva de la fe. Por más que la presencia del catolicismo popular en la Revolución sea irrefutable, hasta ahora se había soslayado, porque no coincide con la tradición liberal mexicana, esa otra decisiva corriente ideológica y política, ferozmente laicista, que nutrió a la Revolución. Tampoco coincide con el callismo anticlerical —que tanto peso tuvo en la conformación del Estado mexicano— ni con las ideologías revolucionarias modernas.

Y es que, si bien la jerarquía católica miró con recelo a la Revolución, lo cierto es que muchos curas la apoyaron; y —sobre todo— que los revolucionarios compartían esa fe religiosa. Basta con recordar los estandartes guadalupanos, levantados aquí y allá, entre los ejércitos revolucionarios o bien, las estampas de la Virgen prendidas de los sombreros de los rebeldes. Basta, incluso, con entender un mínimo la cultura mexicana tradicional, campesina y popular, para rendirse ante la evidencia.

Vilchis lo dice con claridad: *se jugaban la vida, pero bajo la protección de la Virgen.* Sin embargo, este aspecto de la Revolución no está presente en las obras de Orozco, Rivera y Siqueiros, por hablar de los tres grandes del muralismo. En sus relatos no aparecen Cristos, vírgenes, ni santos. Vilchis no relata la Revolución desde la perspectiva de quien aspira a someter la experiencia a una idea o al dramatismo de un gran fresco histórico. No pinta desde el punto de vista de los políticos ni de los edificadores de la identidad nacional, sino de la gente menuda, de quienes con frecuencia se convierten en carne de cañón. Y habitualmente los retrata en momentos de una intensa angustia, cuando se sienten solos e indefensos, enfrentados a su destino e incapaces de resolver por sí mismos su situación. Momentos en los que invocan a su Dios para implorar su ayuda y enseguida, dar testimonio de gratitud por el favor recibido.

En principio, las voces que murmuran en esos exvotos no se dirigen a nosotros sino a Cristo, a la Virgen o algún santo. Son la trascripción de palabras no dichas o pronunciadas en silencio, en recogimiento. El contraste entre el escenario, a menudo estruendoso, de una batalla, por ejemplo, y el silencio en el que se dicen esas palabras es notable.

Todo esto abre el relato de la Revolución a una inesperada intimidad. El revolucionario en armas, el militar intrépido, el valiente irreducible son vistos bajo su ángulo más incierto y vulnerable, el que sólo le muestran a Dios, bajo cuya mirada nada es posible ocultar. Según Vilchis, Villa frente al pelotón de fusilamiento se dirigió al Señor de la Columna para rogar por su salvación. Tal vez sólo a través del exvoto era posible retratar esa parte vulnerable de los héroes de bronce que habitan el panteón de la his-

toria patria. Esa parte que los mexicanos nos esforzamos tanto en ocultar. Sólo en la intimidad y ante Dios, la Virgen o los santos podríamos vencer la proverbial resistencia a mostrarnos vulnerables, desvalidos, a pedir ayuda, a agradecer.

A través de sus exvotos, Vilchis entra a una recámara reservada y, sin embargo, visible. Sabe que casi todos, por más que confiemos en nosotros mismos, en situaciones inciertas y decisivas pedimos la ayuda de una fuerza sobrenatural. ¿Quién no ha pedido auxilio al cielo, cuando su vida peligra? ¿Quién, en medio de una pila de cadáveres, no agradecería seguir vivo?

Casi siempre, quienes narran la Revolución en la obra de Vilchis son actores incidentales. Al artista, sin duda, le atrae más prestar oídos a "Juan Pueblo" que a cualquier personalidad notoria. La única excepción es Villa (y ya vimos en qué circunstancias lo pintó).

Vilchis no describe episodios, sino instantes, fragmentos. No refiere capítulos de una épica, sino emociones, tribulaciones, gestos tan conmovedores que logran alejar la épica a un segundo plano para permitirnos escuchar los sentimientos, las voces de esos personajes, anónimos y ficticios.

El juego y el humor también refrescan el relato de Vilchis. Se trata de una revolución lúdica. Sus exvotos están llenos de guiños, para quien sabe leerlos.

Por ejemplo, el exvoto que se refiere a la entrada de los villistas a Columbus (la primera invasión que sufrieron los Estados Unidos) está fechado el diez de mayo: un recordatorio a la madre de los gringos. A los pies de la Virgen de Guadalupe, en ese mismo exvoto, no hay rosas sino ramas de laurel: un homenaje a su valor.

De modo que Vilchis narra la Revolución de una manera indirecta, fragmentaria, íntima, lúdica, con voces menores y anónimas por más que den sus nombres, a la luz de la fe y en pequeños formatos. En apariencia, no hay nada extraordinario en esto, pero en realidad se trata de una visión novedosa en la que se concilian aspectos de México habitualmente considerados como opuestos: el liberalismo y la religión, la lucha social y la fe católica, el orgullo nacional y la fragilidad íntima, la gesta histórica y el hecho sobrenatural, por citar algunos. Lo hace sin aspavientos, sin responder a una consigna, simplemente porque todos son ciertos desde su propia perspectiva, que es la de muchos otros. Pero este viraje en la representación de la Revolución es también una revolución en un género artístico peculiar, el exvoto.

## LOS EXVOTOS Y EL AMBIGUO LUGAR DE LOS MILAGROS

La palabra *exvoto* viene de la frase latina *ex voto suscepto* que significa "deseo cumplido".

Hay muchos tipos de exvotos. Algunos se publican en periódicos: "Doy gracias a Dios por un favor recibido". Otros simplemente son fotografías colgadas con alfileres de los mantos de las Vírgenes, en los templos. Hay pequeños objetos fundidos en metal, como monedas en forma de corazón, ojos, casas o animales, para agradecer favores a Dios.

También hay lienzos pintados por grandes artistas, obras importantes en la historia del arte, que son exvotos. Ciertas iglesias admirables se hicieron como exvotos. La trenza de una muchacha colgada del muro de una capilla es un exvoto, al igual que el modelo en miniatura de un barco, suspendido del techo de un templo.

Desde el punto de vista espiritual, los exvotos tienen raíces en una fe católica antigua, difundida en la Edad Media y preservada de una manera notable en México. Se trata de una devoción que confía en la intervención oportuna y constante de Dios en la vida diaria de las personas. De acuerdo con esta perspectiva, Dios provee e interviene en asuntos triviales (por ejemplo, cuando se extravía un animal o se pierde un objeto, cuando nos atormentan el amor, los celos, la enfermedad o la ausencia de alguna persona) lo mismo que en asuntos con una amplia repercusión (como la suerte de una guerra, la caída de un sistema político o la preservación de una fe).

El alcance y el significado de los hechos no tiene relevancia

▲ *Retablo de época,* anónimo, colección de exvotos de Alfredo
Vilchis, 38 x 30 cm, óleo sobre lámina, sin fecha.

acorde con su dimensión objetiva. Cualquier motivo de angustia y sufrimiento puede dar lugar a una petición y quizá, a una intervención divina. A un milagro.

Dios provee, ya sea de manera directa o a través de la Virgen y los santos. A eso se le llama Divina Providencia y la confianza casi total en ella se conoce como "providencialismo".

Ese fue el tipo de fe de Hernán Cortés, Bernal Díaz del Castillo y los demás conquistadores y misioneros que llegaron al Nuevo Mundo en el siglo XVI. A su paso por paisajes insólitos y en medio de culturas indescifrables para ellos, reconocían en todo momento la mano de Dios. Santiago Matamoros, por ejemplo, patrón de la caballería cristiana, se aparecía con frecuencia en el cielo durante las batallas, para inclinar el triunfo a favor de los españoles. Y es que los hombres de aquella época convivían con los milagros, los integraban a sus vidas.

Más tarde, la Iglesia introdujo una fuerte dosis de racionalismo en la fe y se mostró escéptica ante los milagros. No los excluyó, pero estableció procedimientos rigurosos para certificar su legitimidad y evitar la propagación fuera de control de una fe que pudiera desestabilizarla. Cada milagro debe someterse a lentos y meticulosos escrutinios que pueden durar décadas o siglos.

La familiaridad de la gente común con lo divino podía implicar la pérdida de la pureza del dogma y el dominio de la jerarquía católica sobre él. Así que la Iglesia se mostró temerosa. Aunque para la fe popular los milagros ocurren cotidianamente,

para la Iglesia actual no pueden acontecer todo el tiempo y en todas partes. Pero la Iglesia no puede desmentirlos frontalmente. Los tolera, porque esas creencias surgen de la fe y de su propia historia como institución.

Con frecuencia, esta ambigüedad se refleja en el sitio donde se exhiben los exvotos: muros laterales, patios exteriores, cuartos alejados... Espacios fronterizos entre la calle y el recinto sagrado.

Los exvotos están presentes, de una manera especial, en los sitios de peregrinación. Los fieles viajan como "manda" para agradecer algún favor recibido y dejan su testimonio en forma de exvoto.

En México, cada año, millones de personas peregrinan a la Basílica de Nuestra Señora de los Remedios y a la de Guadalupe, a Chalma, al Pueblito, a San Juan de los Lagos, a Juquila y a muchos otros destinos religiosos.

EL EXVOTO, ¿UN GÉNERO ARTÍSTICO?

Habitualmente los exvotos no se conciben como objetos estéticos. Se hacen para exhibirlos al público, es cierto, pero más que suscitar una emoción estética, buscan dar testimonio. Su primer público, a quien inicialmente están dirigidos, es Dios, la Virgen o los santos. Todos los demás son secundarios, aunque se requieran como testigos.

¿De qué quieren dar testimonio los creadores de exvotos? De la presencia atenta y generosa de Dios.

Para dar su testimonio, el creyente recurre a un pintor de exvotos o retablero. Muchas veces el retablero no es un artista profesional o de tiempo completo, sino alguien con facilidad para pintar, heredero de esta tradición popular. El creyente le cuenta su experiencia, para que el artista la interprete y la traslade a la lámina, a la manera de los escribanos públicos, que redactan las cartas de las personas que no saben escribir. Más allá de las intenciones de quienes los encargan o los pintan, al hablar de las experiencias, los deseos, angustias y alegrías de la gente, los exvotos también reflejan su manera de ser y de expresarse, sus preocupaciones, cómo y dónde viven. Se dirigen a Dios, pero hablan de las cosas de los hombres, de cierta manera de ver la vida. Las palabras y las imágenes de los exvotos están impregnadas del sudor y el polvo con el que se amasan los días. Recrean deseos fugaces, acontecimientos precisos, momentos decisivos en los que queda al descubierto la fragilidad humana y la providencia divina. Recrean emociones o acontecimientos que a otros les pueden parecer insignificantes, pero que para el que lo solicita fueron muy intensos y decisivos.

Para quien lleva un exvoto al templo, lo mismo da una tempestad que un examen difícil, una enfermedad que una lluvia, el desaire de la persona amada o un incendio. El sufrimiento y el deseo igualan a los acontecimientos, y el sufrimiento y el deseo nos igualan a todos.

Casi todos los exvotos muestran la misma angustia y la extremada pequeñez de los hombres.

Para dar testimonio efectivo de un milagro, el exvoto requiere ser verosímil. Por eso registra el mayor número de detalles. Aunque hable de algo muy subjetivo, aspira a cierta objetividad. Debe dar fe, en todos los sentidos de la palabra. Y en nuestra tradición no hay nada más verosímil que la imagen.

Los exvotos no recurren a la imagen por amor a la pintura, sino para mostrar de la manera más clara y elocuente lo que pasó. Por eso hoy día muchos exvotos ya no son pinturas, sino fotografías. Tal vez sólo ahora que la fotografía ha reemplazado a la pintura como instrumento testimonial, la pintura pueda explorar otras posibilidades al acercarse a este género. Pero, por el momento, esto es sólo una posibilidad. En lo esencial, los exvotos no han variado en los últimos doscientos años. Lo que ha cambiado es su manera de estar presentes y de circular en la sociedad. Al principio, su destino eran las iglesias. Eran un vehículo de la fe. Más tarde se convirtieron en objetos de curiosidad, se coleccionaron como antigüedades y pasaron a decorar casas. Y aunque han tenido una marcada influencia en distintos artistas, como Frida Kahlo, sólo por recordar a una, gracias a un artista como Alfredo Vilchis, se pueden ver como un género actual y legítimo en el arte contemporáneo.

Este cambio de percepción implicó ciertas transformaciones sutiles dentro del género del exvoto. Un ejemplo: los exvotos tradicionales se concentran en un instante, en una desgracia, al parecer inevitable, que a fin de cuentas no ocurrió; en cambio, los exvotos de Vilchis sólo se apoyan en ese instante (cuando lo hacen), para dar cuenta de un episodio o de un ambiente más amplio.

Desde este ángulo, los exvotos son un excelente ejemplo de cómo el arte no sólo es fruto de la creatividad del artista: la mirada de la sociedad y la manera como circulan a través de ella también resultan decisivas. Asimismo, resultan un ejemplo notable de cómo el mismo objeto puede adquirir significados distintos, según el lugar donde se encuentre.

## EL PINTOR DEL BARRIO EN LA CALLE DE LOS MILAGROS

Alfredo Vilchis nació en 1958 en Tacubaya, un antiguo pueblo de la ciudad de México y vive en Minas de Cristo, en Mixcoac.

Como muchos niños, Vilchis prefería dibujar que estudiar. Desde pequeño dibujaba todo el día y en todos lados. En la casa, en la escuela, en sus cuadernos, en libros y revistas, en maderitas y en cuanto papel se iba encontrando por allí:

Tengo entendido que por eso me reprobaban, porque en vez de hacer tarea me ponía a hacer puros dibujos.

Al terminar la primaria, abandonó la escuela. Lo curioso es que cuando Vilchis se dedicó de lleno a la pintura, su pasión lo llevó de nuevo al estudio y a los libros.

A mí esto de la Revolución me hizo viajar hasta la huelga de Río Blanco y todo eso. Quizá por meterme a pintarlos aprendí lo que no aprendí en la escuela, en la escuela fui muy burro, pero aquí como que me ha hecho hasta llorar, algún retablo me ha hecho hasta llorar.

Como muchos autodidactas, Vilchis convirtió libros, revistas y periódicos en sus maestros. Sustituyó el rigor de un programa académico con la exigencia propia y la disciplina de la pasión cultivada. Cuando los libros no son suficientes, va a los museos y a las iglesias, para ver lo que otros pintores han realizado. Vilchis se formó a sí mismo experimentando, en los dos sentidos del término. Convirtió a sus lecturas en auténticas experiencias de viaje a través del tiempo y del espacio, que se prolongan en sueños. Y también experimentó diferentes técnicas para emular a los artistas que eligió como maestros.

De niño atendía un puesto de periódicos y antes de dedicarse sólo a pintar trabajó, entre otras cosas, como peón de albañil y azulejero… Pero nunca dejó de pintar. En sus ratos libres pintaba en latas de sardinas, en cajas de cerillos o en cazuelitas de barro. Pintaba miniaturas, bodegones, frutas, paisajes y personajes pintorescos que luego vendía a los turistas en la Zona Rosa de la ciudad de México, o los sábados, en el antiguo pueblo de San Ángel (donde nunca lo dejaron instalarse en los "jardines del arte"). No tenía pretensiones artísticas sino urgencia de dibujar y necesidad de sobrevivir. Era lo que hoy día, en el lenguaje de la calle, se llama un "torero": alguien que tiende su manta sobre la acera, ordena su mercancía y la levanta de toda carrera, cuando llega la policía.

Sólo cuando perdió su empleo y se encontró en la calle, con el apremio de llevar de comer a su casa, decidió dedicarse de lleno a la pintura y vender sus miniaturas los fines de semana. Fue una decisión a la vez obligada y valiente que determinó su destino. Pero, como suele ocurrir en estos casos, el azar también jugó un papel.

A Vilchis, la fortuna se le presentó en un mercado en forma de un exvoto. El encuentro inesperado que trae a su memoria un enjambre de recuerdos tuvo lugar en:

…un tianguis así, de un barrio, un retablito en una lámina toda maltratada; es cuando yo regreso a mi infancia.

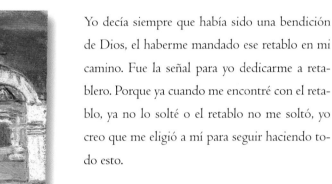

Oxidada pero aún luminosa, esa lámina despertó en nuestro artista la memoria de las visitas que realizaba con su madre a la Villa de Guadalupe, en donde contempló y leyó con fascinación historias reales, narradas con una insólita franqueza, acerca de las intervenciones y milagros de la Virgen. Ese fue su primer encuentro con los exvotos. Pero la lámina no sólo le recordó su pasado, sino que le anunció su porvenir.

Yo decía siempre que había sido una bendición de Dios, el haberme mandado ese retablo en mi camino. Fue la señal para yo dedicarme a retablero. Porque ya cuando me encontré con el retablo, ya no lo solté o el retablo no me soltó, yo creo que me eligió a mí para seguir haciendo todo esto.

En un principio, Vilchis separó los exvotos de las miniaturas: los primeros eran para él; las segundas, para el mercado. Pero un día no tuvo qué vender y los exhibió en su puesto, *por llenar el espacio.* Para su sorpresa, los exvotos atrajeron más a sus clientes que las propias miniaturas.

—Oye, ¿y éstos?
Y yo les decía:
—No, pues por ahí los compré, por allí, en algún lado.

—Oye, yo te los compro, mira, éstos se llaman retablos, son mandas… Todos los que te caigan de éstos, tú guárdalos, yo te los compro.

De esa forma Vilchis inició un diálogo decisivo con sus clientes que se convirtieron además de una fuente de sustento en un estímulo en su desarrollo artístico, una manera de allegarse información y orientación. Fueron ellos los que lo ayudaron a entender su propia obra, a comprenderse a sí mismo como artista.

Sus clientes no sabían (o fingían no saber) que Vilchis era el autor de los exvotos que vendía. Como conocedores de arte, se daban cuenta de que sus exvotos no eran antiguos. Pero les gustaba que *parecieran* antiguos. Y Vilchis tuvo que ingeniarse para no decepcionar sus expectativas:

Tenía que buscarle a la gente el gusto. Como dicen, el cliente manda. Fui descubriendo esto poco a poquito, de que para tener unas fechas, de 1930, por ejemplo, había que ver que tuviera el mismo acabado, porque muchas veces fechábamos con 1930 y la lámina estaba nuevecita, la gente decía:
—No, este es nuevo.
Nunca tratábamos de engañar a la gente, pero a la gente lo que le gustaba era el acabado completo, tanto de la escena como de la parte trasera de la lámina.

En otras palabras, los clientes exigían cierta concordancia entre las fechas que Vilchis escribía y el aspecto de los exvotos. ¿Cómo hacer que una lámina nueva representara cuarenta o cincuenta años de exposición al polvo, al humo y a los golpes? Gracias a una técnica de pátinas que Vilchis fue inventando poco a poco, con soluciones caseras insólitas en el mundo del arte: los frotaba con chicharrón o longaniza, les untaba el aceite donde se habían refrito los frijoles… A veces recolectaba láminas abandonadas a la intemperie. Por ejemplo, de los botes alcoholeros que la gente coloca con flores, sobre las tumbas de sus familiares. Llegó a utilzar, incluso, el piso de la jaula de su pájaro.

Sin embargo, Vilchis no aceptaba trucos en el contenido de sus exvotos y se impuso una regla: los hechos que contaran sus exvotos debían ser verídicos, aunque sus personajes fueran ficticios.

Así, Vilchis comenzó a investigar en periódicos viejos y libros de historia. Un accidente, una catástrofe, un episodio de la nota roja despertaban su imaginación.

Veía un periódico donde había un acontecer de hace años en Celaya o hace años en Querétaro y yo trataba de buscar e informarme cómo es Querétaro, de buscar algo representativo de Querétaro y hacer un retablo con ese tema. Una vez que contaba con esa información, requería que alguien narrara el suceso y de ese modo nacía el personaje, ahora sí ficticio. Se trata de un recurso usado con frecuencia en novelas y películas históricas.

Vilchis proyecta el hecho real en las emociones del personaje ficticio con tal intuición, con tal conocimiento de su psicología, que el objeto de nuestra atención se invierte: el personaje imaginario ya no está allí para revelar al hecho real, sino que el hecho real parece un pretexto para mostrar al personaje ficticio.

Dicho de otro modo, más que su exactitud histórica, lo que nos atrae en los exvotos de Vilchis es la forma como sus personajes cuentan lo que les ocurrió, su franqueza, su compasión, su sencillez, su ternura, incluso su humor involuntario y su cinismo.

> Ser retablero no es fácil, ser retablero es tener respeto
> a la gente, a la gente y más que nada al sentimiento de
> la gente, hay que respetar, porque es lo que uno trata
> de hacer, transmitir el sentimiento de la gente (…)
> Para que a la gente le llegue pues hay que ponerle un poqui-
> to de uno mismo y saberse meter al corazón de la gente,
> que es muy importante.

Como quiera que sea, aunque Vilchis defienda el realismo y la exactitud histórica de su trabajo, no resulta fácil definir la na-turaleza de sus exvotos: no son imitaciones, porque no se asemejan a un modelo; no son copias ni variantes de exvotos antiguos. Tampoco son falsificaciones, pues no hay ni un autor ni una obra originales. Sus clientes, por lo demás, saben que no son antiguos.

¿Cómo clasificarlos? Quizá como ficciones históricas.

## VILCHIS Y LA ESCUELA MEXICANA DE PINTURA

Como todo gran artista, Vilchis inventó su propia genealogía. En principio, Frida Kahlo (quien al igual que él se inspiró en la tradición de los exvotos para realizar su obra), le dio confianza para seguir adelante. También fue un ejemplo de valentía al recurrir al arte para conocerse a sí misma y transgredir los límites aceptados.

> Ésa de Unos cuantos piquetitos me quitó el miedo de
> pintar trágico, tragedias. Entonces yo empiezo a agarrar
> toda la tragedia que hay, como es una cogida a un tore-
> ro, como es un accidente aéreo, claro que de todo lo trágico
> hay algo bueno, y lo bueno es cuando sale el milagro (…)
> Y me dije, si ella pinta a una mujer desnuda así… ¿por qué
> yo no puedo poner a una prostituta frente a la Virgen? Pien-
> so que una mujer por más liviana que sea tiene el mismo
> derecho de pedir un retablo, igual que un hombre, por más

San Alfredo Pintor

cabrón que sea, también tiene el mismo derecho de pedir un favor a Dios. Y la gente no lo aceptaba.

Por otro lado, Vilchis se identificó con Hermenegildo Bustos.

Veo sus inicios, algo de su biografía, de su vida, era un nevero, juntaba la nieve en las pencas de maguey, todo eso, cómo hacía su nieve… Y fue un auténtico maestro en el dominio del arte del retrato y del retablo.

De Diego Rivera retomó su voluntad de pintar la historia.

Sin querer, me encontré con un deseo de seguir haciendo lo que ellos estaban haciendo, pintar la historia, porque ahora que me doy cuenta y toda la gente me lo dice, lo que estoy haciendo es pintar la historia de México.

En suma, Vilchis se hizo heredero de la Escuela mexicana de pintura. Se ve a él mismo en la tradición de Posada, ciertos críticos han señalado la afinidad de sus exvotos con las fotografías de Gabriel Figueroa y siente a Chucho Reyes cercano a él.

Al reconocerse en una genealogía y entrar en diálogo con sus maestros, también se asumió como un participante activo en la historia del arte mexicano. En ese momento Vilchis dejó el ano-

nimato y comenzó a firmar sus exvotos como "el pintor del barrio". Al cabo de cierto tiempo, a sus clientes les atrajo más el hecho de que fueran piezas de Vilchis que su parecido con los exvotos antiguos. Es decir, comenzaron a apreciar más su originalidad que su semejanza. Incluso, le pidieron que ya no los patinara.

La pátina, que inicialmente había sido un vehículo para venderlos, se convirtió en un estorbo: impedía apreciar los colores originales, disimulaba las pinceladas.

Mucha gente me decía:
"Sabes qué, mejor déjalos así",
Los clientes querían "un Vilchis".
Como que la gente nos está dando un lugar.

Vilchis dejó de patinar y antedatar todos sus piezas. Ahora, a la par que inspirarse en periódicos viejos y libros de historia, ha comenzado a pintar lo que ve, escucha, o lee en la prensa y noticieros. Y eso le ha dado una libertad que antes desconocía. Se ganó la libertad de expresar lo que *yo quiero*, lo que veo yo ahorita.

Se trata de un largo viaje al pasado para habitar el presente. En ese viaje, interactuando con su público, revolucionó un género, al tiempo que ha posibilitado el diálogo entre diferentes tradiciones de la cultura mexicana.

En el nombre de todas las mujeres del mundo dedico este exvoto ala santa cruz Por aquellas mujeres que fueron cobardemente asesinadas en Ciudad Juares chi. y resiba su alma y encuentren la gloria para el consuelo de su familia telo pido con tristesa en mi corazón que ya pare tanta maldad. Protejelas de todo mal "Benditas sean todas las mujeres te lo pide un méxicano mas Alfredo Vilchis R. Minas de Cristo Mex. 2004.

*Tristeza en mi corazón*, Alfredo Vilchis, 30x22 cm, óleo sobre lámina. 2002.

Creo que esto del exvoto vuelve a despertar, a despertar mucho, muchas cosas.

Alfredo Vilchis contagió a sus tres hijos, Daniel, Hugo y José Luis, su propia pasión por el exvoto. Desde niños lo ayudaban en el taller, más tarde colaboraron con él en algunas obras y hoy día, a pesar de su temprana edad, son verdaderos creadores de exvotos. En este libro se muestran algunos ejemplos de sus trabajos. Así, Vilchis mantiene viva la antigua tradición de los maestros pintores, quienes se preocupaban por formar familias de artistas.

Dentro de la tradición, los exvotos son obras donde lo humano y lo divino se reconcilian, en un acto de gratitud. Y quizá sea esta palabra, *reconciliación*, la que mejor defina uno de los aspectos centrales del arte de Alfredo Vilchis: el liberalismo y la fe católica se reconcilian de un modo natural en su mirada sobre la Revolución mexicana; de la misma forma que en su lenguaje pictórico lo culto y lo popular, lo actual y lo antiguo, lo trágico y lo cómico, la ironía y la compasión, lo sagrado y lo profano, lo íntimo y lo social encuentran su punto de equilibrio, su armonía.

Tal vez su obra sea un acto de reconciliación de la sociedad mexicana consigo misma, en un espíritu de juego y desde el reconocimiento de que no hay mayor autenticidad que cuando, al afirmar la propia vulnerabilidad, uno se reconoce en el prójimo.

CONRADO TOSTADO Y DANIEL GOLDIN

# La
# Revolución
## imaginada

# Milagro de Cabora

Nacio el 15 de Octubre de 1873 y fallecio en Enero de 1885 a la edad de 12 años 3 meses 15 dias eran las 10 y media de la mañana y resusita a las 10 de la noche cuando la estaban velando a la niña Teresa Urrea. Por Obra y Misericordia de Dios Sacrantodo. hacemos Patente este Milagro al Pueblo de Cabora. Sonora

Nacio el 15 de Octubre de 1873 y Fallecio en Enero de 1885
a la edad de 12 años 3 meses 15 dias eran las 10 y media de la
mañana y Resusita a las 10 de la noche cuando la estaban velando
a la niña = Teresa Urrea. Por Obra y Misericordia de Dios Sacrantodo
hacemos Patente este Milagro al Pueblo de Cabora. Sonora.

ALFREDO VILCHIS, PINTOR DEL BARRIO

# Emboscada

Sagrado Corazon bendito Seas Por Consederme la vida en una Envoscada. Camino al pueblo de Tomochi a sofocar una Revelion de Fanatismo Relijioso Y Rebelión Contra el Gobierno de Don Porfirio Diaz la noche del 6 de Diciembre 1891 se dise que alli ay una niña que hace milagros yo Respeto sus Creencias y Pido Perdon a la Santa Teresa Urrea Por esta ofensa. Tte. Heriberto Frias. aquí doy Fé.

Sagrado Corazon Bendito Seas Por Consederme la vida en una Envoscada.
Camino al Pueblo de Tomochi a sofocar una Revelion de fanatismo Relijioso
Y Revelion Contra el Gobierno de Don Porfirio Diaz la noche del 6 de Dicienbre 1891
Se dise que alli ay una niña que hace milagros yo Respeto sus Creencias y Pido
Perdon a la Santa Teresa Urrea Por esta Ofensa. tte. Heriberto Frias. aqui doy Fe.

ALFREDO VILCHIS, PINTOR DEL BARRIO

# Lámpara con luz

Doy gracias a Ma. Santisima de Guadalupe que salimos con vida de la Cananea Cooper Company en Sonora a Trinidad Padilla y su hijo cuando la represión del gobierno porfirista apoyo a ranllers norteamericanos matando a 12 mineros y otros tantos heridos muchos fueron mandados presos a San Juan de Ulúa por pedir mejores salarios por trabaja de sol a sol por un real era injusto y miserable la situasion de aquel junio de 1906.

Doy GRACIAS A M.ª SANTISIMA DE GUADALUPE QUE SALIMOS CON VIDA DE LA
CANANEA COPPER COMPANY EN SONORA A TRINIDAD PADILLA Y SU HIJO CUANDO
LA REPRESION DEL GOBIERNO POR FIRISTA APOYO A RANIIERS NORTEAMERICANOS
MATANDO A 12 MINEROS Y OTROS TANTOS HERIDOS MUCHOS FUERON MANDADOS PRESOS
A SAN JUAN DE ULUA POR PEDIR MEJORES SALARIOS POR TRABAJA DE SOL A SOL
POR UN REAL ERA INJUSTO Y MISERABLE LA SITUASION DE aQUEL JUNIO —
DE 1906.

ALFREDO VILCHIS, PINTOR DEL BARRIO

# Por no disparar

Hago Saver el milagro Consedido a mi persona por Maria Santisima de Guadalupe cuando me Negué a disparar contra el pueblo familias de obreros que pedian justicia a sus derechos por una mejor vida. Siendo cabo de rurales aclame a Sma Virjen y pude Salvarme de Ser fusilado por desacato por el ejersito porfirista aquella noche del mes de Enero de 1907 Rio Blanco Veracruz. P.C.R.

hago Saver el milagro Consedido a mi persona por Maria Santisima de Guadalupe cuando
Me Negue a disparar contra el pueblo familias de obreros que pedian Justicia a sus derechos
por una Mejor vida. Siendo Cabo de rurales Aclame a Sma Virjen y pude Salvarme de Ser fusilado
por desacato por el ejersito porfirista aquella Noche del mes de Enero de 1907 Rio Blanco Veracruz. P.C.R.

# Hambre y sed

Aquella noche del 7 de enero de 1907 el hambre y la sed. Nos obligaron a pedir fiado un cuarteron de mais a don Victor Garcin el tendero que era un español. desconsiderado humillandonos lo que hiso fue tirarnos de balasos. hiriendome de muerte Invocando al Señor del Divino Rostro fui socorrida por Margarita Martinez. quien me saco de la bola para ser curada. y aqui doy Gracias Rio Blanco Orisaba Ver.

aquella noche del 7 de enero de 1907 el hambre y la sed. Nos obligaron a pedir fiado un cuarteron de. mais a don Victor Garcin el tendero que era un español. desconsiderado humillandonos lo que hiso fue. tirarnos de balasos. hiriendome de muerte Invocando al Señor del Divino Rostro fui Socorrida por. Margarita. Martinez. quien me saco de la bola para ser curada. Y aqui doy Gracias. RIO BLANCO ORISABA VER.

37

# Defendimos nuestros derechos

Cansados de tantos abusos y humillaciones lavorales. por los dueños de las fabricas de Hilados y Tejidos de Rio Blanco que nos Obligaban ala esclavitud. por sueldos miserables. protejidos por el rejimen de don Porfirio Diaz. nos Proclamamos en Huelga por nuestro derecho de Dignidad y Justicia… fuimos envoscados y Reprimidos alas afueras de las fabricas y perseguidos. por todas las calles de Orisaba Veracruz donde fueron asesinados Centenares de Compañeros obreros junto con mujeres y niños. Por la caballeria que Comandaba el General Rosalio Martines de los tres Batallones aquel triste dia del 7 de enero de 1907. doy Gracias al Señor del Sacro Monte que pude escapar y Esconderme aca en ameca meca Puebla. aquí doy Fé año de 1910.

Cansados de tantos abusos y humillaciones lavorales. por los dueños de las Fabricas de Hilados y Tejidos de Rio Blanco. que nos Obligaban ala esclavitud. por sueldos miserables. protejidos por el rejimen de don Porfirio Diaz. nos Proclamamos en Huelga por nuestro derecho de Dignidad, y Justicia,... fuimos envoscados y Reprimidos. alas afueras de las fabricas y perseguidos. por todas las Calles de Orisaba Veracruz. donde fueron asesinados Centenares de Conpañeras obreros junto con mujeres y niños. Por la caballeria que Comandaba. el General Rosalio Martines de lostres Batallones. aquel triste dia del 7 de Enero de 1907. day Graeias al Señor del Sacro Monte que pude escapar y Esconderme aca en ameca meca Puebla aqui day Fe' año de 1910.

# Valor de mujer

 Por conducto de este retablo doy fé de Gratitud a ntra. Señora de Guadalupe que logre cumplir la mición que me encomendo el señor Madero con la ayuda de estas valientes y grandes mujeres que con su astucia pasamos armas y parque y trasladarlo entrenes de la Frontera de Texas exitosamente a Piedras Negras Coah. Para defender EL PLAN DE SAN LUIS. A. Aguirre Benavides octubre de 1910.

Por conducto de este retablo doy Fé de Gratitud a ntra. Señora de Guadalupe que logre cumplir la mición que me encomendo el señor Madero con la ayuda de estas valientes y grandes mujeres que con su astucia pasamos armas y parque y trasladarlo en trenes dē la Frontera de Texas exitosamente a Piedras Negras Coah. Para defender EL PLAN DE SAN LUIS        A. Aguirre Benavides        octubre de 1910.

# Familia de valientes

Este retablo lo dedico a mis paisanos que nos dieron ejemplos de valor Aquella Mañana del viernes 18 de noviembre de 1910. Aquiles Serdan sus hermanos Máximo Carmen y su mujer Filomena y un puñado de amigos que ofrecieron su vida por la Causa e ideales de Don Francisco I. Madero calleron por las balas de la polecia que Mando el Gobernador Musio Martinez Virgen del Rosario cubrelos de gloria por su valor. te lo pide un poblano Aquilino Relles.

Este retablo lo dedico à mis paisanos que nos dieron ejemplos de valor aquella Mañana del viernes 18 de Noviembre de 1910. Aquiles Serdan sus hermanos Maximo Carmen y su Mujer Filomena y un puñado de amigos que Ofrecieron su vida por la Causa e idiales de Don Francisco I. Madero Callieron por las balas dela policia que Mando el Gobernador Mucio Martinez Virgen del Rosario Cubreles de Gloria por su valor te lo pide un poblano Aquilino Reller.

ALFREDO VILCHIS, PINTOR DEL BARRIO

# Plan de Ayala

El dia 28 del mes de Novienbre del año de 1911. fue proclamado el plan de Ayala por el general Don Emiliano Zapata encomendandonos a Maria Sma. de Guadalupe inisiamos con anhelos nuestra lucha Agraria jurando defenderla asta el final. Ofreciendo nuestras vidas con justicia y honol. "tierra y livertad" generales Zapatistas. Villa Ayala, Morelos.

El día 28 del mes de Noviembre del año de 1911. fue proclamado
el plan de Ayala por el general Don Emiliano Zapata encomendandonos a María Sma de Guadalupe iniciamos con anhelos Nuestra Lucha
Agraria jurando defenderla asta el final. Ofreciendo nuestras vidas
con justicia y honor. tierra y Livertad generales Zapatistas. Villa Ayala. Morelos.

ALFREDO VILCHIS, PINTOR DEL BARRIO

# Me pelaron los dientes

al SSmo. Cristo del Socorro de las Benditas Animas del Purgatorio. acontecio en Chihuahua. el año de 1912 Hago saber mi Agradecimiento de Librarme de morir Fucilado como un Cobarde por Orden de Victoriano Huerta. Sin hacerme Juisio Alguno a el Encomende mi Suerte y en el ultimo momento llegaron mis muchachos con un conducto de Suspención de Ejecución Por Orden de Don Francisco I Madero. Doy Fe Porque tengo Palabra. Pancho Villa.

al SS.<sup>mo</sup> Cristo del Socorro de las Benditas Animas del Purgatorio. acontecio en Chihuahua. el año de 1912.
Hago Saber mi Agradecimiento de librarme de morir Fucilado como un Cobarde por Orden de Victoriano Huerta.
Sin hacerme Juisio Alguno al Encomende mi Suerte y en ultimo momento llegaron mis muchachos con un conducto de
Suspencion de Ejecución Por Orden de Don Francisco I Madero. Doy Fe Porque tengo Palabra. Pancho Villa.

ALFREDO VILCHIS, PINTOR DEL BARRIO

# Con bombín y sin bigotes

La noche del 26 de dicienbre 1912 cunpli con el general Francisco Villa encomendandome al Sagrado Corasón arriesgando mi vida lo ayude a escaparse de la penitenciaria de Santiago Tlatelolco resurado del vigote y bestido asi y anteojos obcuros me fui con el pa Toluca. y luego cruzamos la frontera y al cabo de un tienpo regresamos pa lo que guste y mande la revolucion no sin antes cumplir al Sagrado Corazón. Coronel: Carlos Jauregui. 30 octubre 1913.

LANOCHE
-DEL 26 DE DICIENBRE 1912
CUNPLI CON EL GENERAL
FRANCISCO VILLA ENCOMENDANDOME
AL SAGRADO CORASON ARRIESGANDO MI VIDA
LO AYUDE A ESCAPARSE DE LA PENITENCIARIA
DE SANTIAGO TLATELOLCO RESURADO DEL VIGOTE
Y BESTIDO ASI Y ANTEOJOS OBCUROS ME FUI CON EL PA TOLUCA.
Y LUEGO CRUZAMOS LA FRONTERA Y AICABO DE UN TIENPO REGRESAMOS
PA LO QUE GUSTE Y MANDE LA REVOLUCION NO SIN ANTES CUNPLIR AL SAGRADO CORAZON
CORONEL: CARLOS JAUREGUI.         30 OCTUBRE 1913.

# Niños castigados

Doy gracias a San Miguel Arcangel que mis hijos lograron Jullirse pala sierra a juntarse con la jente de don Emiliano Zapata a luchar por nuestros derechos despues de sufrir tanta infamia que los trataban como animales en la hacienda del casique que se cre dueño de nuestras vidas. cuidamelos mucho porque son unos niños que merecen vivir y ser felices como Dios manda Brigida Perez cuautla Morelos-Dicienbre 1912.

doy gracias a San Miguel Arcangel que mis hijos lograron Jullirse pa la sierra g juntarse con la Jente de don Emiliano Zapata a luchar por nuestros derechos despues de sufrir tanta jnfamia que los trataban como animales en la hacienda de Casique que se cre dueño de nuestras vidas. cuidamelos mucho porque son unas niños que merecen vivir y ser felices como Dios manda Brigida Perez Cuautla Morelos — Diciembre 1912.

# Marieta

Hago patente este retablo encomendandola a la santa cruz a una presiosa mujer que por mas puta que fue dio su vida por la causa de la Revolucion mexicana murio sacrificada brutalmente llevandose por delante a muchos pelones… Marieta no seas coqueta porque los hombres son muy malos prometen muchos regalos y lo que dan son puros palos Chihuahua año de 1912

HAGO PATENTE ESTE RETABLO ENCOMEND-ANDOLA A LA STA CRUZ A UNA PRESIOSA MUJER QUE POR MAS PUTA QUE FUE DIO SU VIDA POR LA CAUSA DE LA REVOLUCION MEXICANA MURIO SACRIFICADA BRUTALMENTE LLEVAN-DOSE POR DELANTE A MUCH-OS PELONES........ MARIETA NO SEAS COQUETA PORQUE LOS HOMBRES SON MUY MALOS PROMETEN MUCHOS RGA LOS Y LO QUE DAN SON PUROS PALOS CHIHUAHUA AÑO DE 1912

# Me iban a chamuscar

La madrugada del 9 de febrero de 1913. un alvoroto en los corredores me desperto benian de la celda del Gral. Bernardo Reyes: benimos por uste para tomar Palacio Nacional somos de Tacubaya y otros regimientos. Por orden del Gral. Mondragon y Gregorio Ruiz y coronel Aguillon. El triunfo es nuestro apurese cuando ellos salieron se armo un zafarrancho muchos presos escaparon. prendiendole fuego a la carcel militar Santiago Tlatelolco donde yo purgaba mi condena de un crimen que no cometi. quedando atrapado en tenebrosa celda que invadia el humo y las llamas aclame a la Virjen Maria de Guadalupe por mi vida y ella me lo consedio y en gratitud a ella hoy 12 dicienbre 1913 consedieron mi libertad. Doy fe de lo que alli escuche y bibi aquella noche Reynaldo Roque.

LA MADRUGADA DEL 9 DE FEBRERO DE 1913. UN ALVOROTO EN LOS CORREDORES ME DESPERTO BENIAN DE LA CELDA DEL GRAL. BERNARDO REYES: BENIMOS POR USTE PARA TOMAR PALACIO NACIONAL SOMOS DE TACUBAYA Y OTROS REGIMIENTOS. POR ORDEN DEL GRAL. MONDRAGON Y GREGORIO RUIZ Y CORONEL AGUILLON. EL TRIUNFO ES NUESTRO APURESE CUANDO ELLOS SALIERON SE ARMO UN SAFARRANCHO MUCHOS PRESOS ESCAPARON. PRENDIENDOLE FUEGO ALA CARCEL MILITAR SANTIAGO TLATELOLCO DONDE YO PURGABA MI CONDENA DE UN CRIMEN QUE NO COMETI. QUEDANDO ATRAPADO EN TENEBROSA CELDA QUE INVADIA EL HUMO Y LAS LLAMAS ACLAME A LA VIRJEN MARIA DE GUADALUPE POR MI VIDA Y ELLA ME LO CONSEDIO Y EN GRATITUD A ELLA HOY 12 DE DICIENBRE 1913 CONSEDIERON MI LIBERTAD. DOY FE DE LO QUE ALLI ESCUCHE Y BIBI AQUELLA NOCHE REYNALDO ROQUE.

ALFREDO VILCHIS, PINTOR DEL BARRIO

# Lealtad

La mañana del domingo 10 de Febrero de 1913 se nos encomendo la misión por orden del Sr. Presidente de la Republica tomar las armas y escoltarlo a Palacio Nacional porque habia ocurrido un Motin Militar en México por los generales Manuel Mondragón y Felix Diaz y desgrasiadamente habian tomado parte Alumnos del Colegio de Aspirantes de Tlalpan. Encomendandome ala virgencita de Guadalupe jure defenderlo con valentia y honor el iba al Centro cuando al llegar a plaza de armas hubo una confucion se escucho el toque de Ataquen porque nos disparaban de las asoteas del edificio de la mexicana y las torres de Catedral sin causarnos daño y los que defendian palacio tanbien nos confundieron con los sublevados del Gral. Reyes di la orden al corneta de sese al fuego y contraseña. Cumpliendo la misión alumno Padilla colegio militar de Chapultepec

La mañana del domingo 9 de Febrero de 1913 se nos encomendó la mision por orden del Sr. Presidente de la Republica tomar las armas y escoltarlo a Palacio Nacional porque habia ocurrido un Motin Militar en Mexico por los generales Manuel Mondragon y Felix Diaz y desgraciadamente habian tomado parte Alumnos del colegio de aspirantes de Tlalpan. Encomendandome a la virginsita de Guadalupe fue defendiendo con valentia que nos llibra al frente cuando al llegar a plaza de Armas hubo una confucion se desecho el toque de Atencion porque nos disparaban los azoteas del edificio de la marina y las torres de Catidral sin causarnos daño y los que defendian palacio tambien nos confundiron con los sublebados del Gral. Ruyes. dio la orden al corneta de serce al fuego y Contraseña. Cumplida la mision Alumno Batilbo Ofrese el Retablo el Agradecido

ALFREDO VILCHIS, PINTOR DEL BARRIO

# Caímos en la trampa

Bendita seas Virgencita de Guadalupe que sali con vida de una tranpa cuando se nos ordeno tomar la Ciudadela. Con el coronel Castillo quien iba al mando por Orden del Comandante de la plasa el Gral. Victoriano Huerta quien estaba en Contubernio con los Sublebados que comandaba. el Gral. Mondragón. alli murio mi coronel Castillo y su regimiento de Rurrales fieles de Don Francisco I Madero era un martes 11 de Febrero de 1913. Salomon Orozco.

Bendita Seas Virgencita de Guadalupe que sali convida de una tranpa
cuando se nos Ordeno Tomar la Ciudadela. Conel coronel Castillo
quien ibo al mando por Orden del Comandante dela Plasa el Gnral.
Victoriano Huerta quienestaba en Contubernio conlos Sublebados
que comandaba. el Gral. Mondragon. alli murio mi coronel Castillo
y Suregimiento de Rurrales fieles al Gobierno de Don Francisco I. Madero
era un martes 11 de Febrero de 1913. Salomon Orosco.

ALFREDO VILCHIS, PINTOR DEL BARRIO

# Decena trágica

Por oponernos a la rendición de la Ciudadela fuimos heridos de muerte con miras de resivir el tiro de grasia. por los mismos oficiales que al según defendian la guanicion. quien iba pensar que estaban del lado de felix Diaz y Manuel Mondragon. Viéndonos perdidos encomendamos nuestra suerte al Milagroso Niño de Atocha quien no lo permitio. y hoy 24 dicienbre de 1913 agradesemos su milagro. Evaristo Cruz y Amador Cuevas

Por oponernos a la rendición de la Ciudadela fuimos heridos de muerte con miras de recivir el tiro de gracia por los mismos ofisiales que al segun defendian la guarnición. quien iba pensar que estaban del lado de Félix Diaz y Manuel Mondragon biendonos perdidos encomendamos nuestra suerte al milagroso Niño de Atocha. quien no lo permitio y hoy 24 de Dicienbre de 1913 agradesemos su milagro
Evaristo.c. y Amador.c.

ALFREDO VILCHIS, PINTOR DEL BARRIO

# Y que le atino

Fuimos perseguidos desde el pueblo de xochimilco por todo el cerro del Ajusco siendo alcansados en el pueblo de contreras por los federales por orden del asesino Juvencio Robles encarcelando y matando a hombres mujeres y niños que peliabamos por defender nuestras Tierras biendo en peligro a mi Macario encomendandonos a Santo Sr. de Chalmita, me diera un poquito de tino y balor y si me lo concedio evitando ser asesinados aqui te ofresemos este muy agradesidos Brijida Lopez. ocurrio el 24 mallo de 1913 en el cerro de Contreras. Mexico.

FUIMOS PERSEGUIDOS DESDE EL PUEBLO DE XOCHIMILCO POR TODO EL CERRO DEL AJUSCO SIENDO ALCANSADOS EN EL PUEBLO DE CONTRERAS POR LOS FEDERALES POR ORDEN DEL ASESINO JUVENCIO ROBLES ENCARCELANDO Y MATANDO A HOMBRES MUJERES Y NIÑOS QUE PELIABAMOS POR DEFENDER NUESTRAS. TIERRAS BIENDO EN PELIGRO A MI MACARIO ENCOMENDANDONOS A Santo Sr. de CHalmita, me diera un poquito de Tino y BALOR Y si me lo consedio EVITANDO Ser Asesinados AQUI TE OFRESEMOS ESTE MUY AGRADESIDOS BRIJIDA LOPEZ. OCURRIO EL 24 MAYO DE 193.                    EN EL CERRO DE CONTRERAS MEXICO.

# Como chapulines

Al amanecer del mes de septiembre de 1913 alla en osumba cumplimos nuestra misión de volar las vias del tren y evitar que el cargamento de armas y municiones llegaran a manos de los Huertistas que combatian alla en cuautla con mi general Zapata y Fui acendido a general por lo que doy gracias a la Virgen de Guadalupe que me dio fuerzas de valor y responsabilidad en esta mición. Orejon Morelos y sus Gabillas

Al amanecer del mes de septiembre de 1913 alla en osumba cumplimos nuestra misión de volar las vias del tren y evitar que el cargamento de armas y municiones llegaran a manos de los Huertistas que. combatian alla en cuautla con mi general Zapata y Fui acendido a general por lo que doy gracias a la Virgen de Guadalupe que me dio fuerzas de valor y responsabilidad en esta mición.
    Orejon Morelos y sus Gabillas

# Niño soldado

al Santo Cristo del buen camino yo Juan Roque Soldado federal boluntario lepido nos porteja porque logre enlistar a mi hijo parair a Chihuahua a combatir alos alzados arriesgandolo a morir en la batalla. pior es dejarlo morir de hambre y abandono. por esta Revolución que vivimos en todo México ojala ysea para bien y el lo comprenda. octubre 1913. pueblo de xico.

al Santo Cristo del buen camino yo Juan Roque Soldado federal boluntario
le pido nos proteja porque logre enlistar a mihijo para ir a Chihuahua a con-
-batir alos alzados arriesgandolo a morir en la batalla. pior es dejar-
-lo morir de hambre y abandono. por esta Revolución que vivimos
en todo mexico ojala y sea para bien y el lo conprenda. Octubre 1913.
Pueblo de xico mexico. . . . . .

ALFREDO VILCHIS, PINTOR DEL BARRIO

# Mirando desde mi ventana

La noche del sabado 22 febrero 1913 al escuchar ruido de dos automoviles me asome a mi ventana y al ber todo muy sospechoso me oculte y esto bi asesinaban cobardemente ados personas sin pensar que era el presidente Francisco I Madero y el vicepresidente Pino Suares tube miedo porque ubo mucho alvoroto y apresaban a cuato pasaba por aqui para interrogarlo hoy despues de 5 años doy gracias a la virjem de Guadalupe que vivo pa contarlo. P. H.R. Mexico 1918

LA NOCHE DEL SABADO 22 FEBRERO DE 1913 AL ESCUCHAR RUIDO DE UN AUTO
MOVILES ME ASOME A MI VENTANA Y AL BER TODO MUY SOSPECHOSO ME
OCULTE Y ESTO BI ASESINABAN COBARDEMENTE A DOS PERSONAS
SIN PENSAR QUE ERA EL PRESIDENTE FRANCISCO I MADERO Y EL VICEPRESIDE
NTE PINO SUARES TUBE MIEDO PORQUE UBO MUCHO ALBOROTO Y A PRESA QUI
A CUATO DASABA POR AQUI PARA INTERROGARLO HOY DESPUES DE 5 AÑOS DOY
GRACIAS A LA VIRJEN DE GUADALUPE QUE VIVO PA CONTARLO PH.R. MEXICO 1918

ALFREDO VILCHIS, PINTOR DEL BARRIO

# Las adelitas

Así festejamos aquella noche hasta el amanecer en la serrania en compañía de las adelitas que iban con la "Brigada Zaragoza" la toma de Ciudad Juarez Chihuahua dando gracias a nuestra protectora la Sma. Virgen de Guadalupe. entregamos la plaza a mi General Francisco Villa, la victoria fue completa aquel sabado 15 de noviembre de 1913. cuidanos a nuestras mujeres que arriesgan su vida por la causa Simon trejo.

Así festejamos aquella Noche hasta el amanecer en la serranía en companía de las adeletas que iban con la "Brigada Zaragoza" la toma de Ciudad Juarez Chihuahua dando gracias a nuestra protectora la Sma. Virgen de Guadalupe. entregamos la plaza a mi general Francisco Villa. la victoria fue completa aquel sabado 15 de noviembre de 1913. Cuidamos a nuestras mujeres que arriesgan su vida por la Causa Simon trejo.

ALFREDO VILCHIS, PINTOR DEL BARRIO

# Benditas mujeres

A nuestra Sra de los Dolores le ofresco el presente y le pido proteja estas mujeres que comanda Petra Herrera que pelean con valor en la Brigada Zaragoza salvandome de morir cuando resivi una descarga por la espalda alla en el cerro del grillo después de limpiar la plaza de Zacatecaz por ordenes de Panfilo Natera acabando con ellos para que mi general villa en esta batalla acabara con el Huertismo que nos costo miles de muertos. General. Luis Garcia Monsalve. A un año de lo acontecido 23 Dicienbre 1915.

A nuestra Sra de los Dolores le ofresco el presente y le pido **proteja estas mujeres** que comanda Petra Herrera que pelean con Valor en la Brigada Zaragoza Salvandome de morir cuando resivi una descarga por la espalda alla en el cerro del grillo despues de limpiar la plaza de Zacateaz por ordenes de Panfilo Natera acabando con ellos para que mi general villa en esta batalla acabara con el Huertismo que nos costo miles de muertos. General. Luis Garcia Monzalve. a un año de lo acontecido 23 Diciembre 1915.

ALFREDO VILCHIS, PINTOR DEL BARRIO

# La trinchera

Doy Grasias al milagroso Niño de Atocha por darme lisencia de llegar a tiempo y Salvar a mis aijados de Morir en esta trinchera cuando fueron perseguidos por los federales les dieron la ley fuga por orden del desgraciado de Juvencio Robles, poniendolos a Salvo me los Ajustisie a los sinco pelones porque yo si traiba con que defenderme Juan Cruz. Aconticio el dia 24 marzo de 1914.

Doy Grasias al milagroso Niño de Atocha
por darme lisencia de llegar a tiempo y
salvar a mis aijados de morir en esta
trinchera. Cuando fueron persequidos
por los federales les dieron la ley fuga.
por orden del desgraciado de Susmecio
Robles, poniendolos a salvo mi los
ajustine a los sinco pelones porque yo
si traiba conque defenderme. juan Cruz.
acontecio el dia
24 Marzo de 1914.

ALFREDO VILCHIS, PINTOR DEL BARRIO

# Tres contra uno

Las gracias te doy Virgencita que no fuy fucilado al confundirme con el cabecilla Tito Hernandez quien se abia revelado al gobierno pero se dedicó a cometer crimenes y desmanes asta que lo sorprendio la gente de Juan Lobera el jefe de Rurales. Puebla -27 de Abril- 1914.

Las gracias te doy **Virgencita** que no fuy fucilado al confundirme con el cabecilla Tito Hernandez quien se abia revelado al gobierno pero se dedico acometer crimenes y desmanes asita que lo sorprendio la gente de Juan Lobera el jefe de Rorrales. Puebla - 27 Abril - 1914.

# Héroes anónimos

Doy Gracias al cristo negro que ya se fue la flota de Barcos de Guerra de Estados Unidos que binieron a Ofender a nuestra Patria abusando de su Poder militar al mando del contraalmirante F.F. Fletcher. Senbrando la muerte en cientos de héroes Anonimos que defendieron con orgullo a nuestra Nacion el pueblo de Veracruz Rinde Omenaje al teniente Jose Azueta nacido en Tacubaya. México Murio En defensa del Puerto. 10 mayo 1914 Honor y Gloria Capt. de Navio Juan de Dios Bonilla 1915.

Doy Gracias al CRISTO NEGRO que ya se fue la flota de Barcos de Guerra de Estados Unidos que binieron a Ofender a nuestra Patria abusando de su Poder militar al mando del Contra almirante F.F. Fletcher. Senbrando la muerte en cientos de heroes Anonimos, que defendieron con orgullo a nuestra Nacion el pueblo de Veracruz Rinde Omenaje al teniente Jose Azueta nacido en Tacubaya. Mexico. Murio En defensa del Puerto. 10 mayo 1914          Honor y Gloria.          Capt. de Navio     Juan de Dios Bonilla   1985

# Misión cumplida

 Ofresco este retablo al Santo Niño de Atocha de Plateros que lla me sano mi pie que me machuco una delas ruedas del cañon que tenia a mi cargo por orden del general Felipe Angeles alla en el Cerro del Grillo Cuando tomamos Zacatecas aquella tarde del 23 de junio de 1914. Cumpliendo Con mi general Francisco Villa. tanto le pedí no se me juera Cangrenar. y aqui hago saber de su fabor. Bartolo Coronel de Fresnillo Zacatecas. 24 Diciembre 1914.

Ofresco este retablo a Santo Niño de Atocha de plateros que lla me sano mi pie que me machuco una de las ruedas del cañon que tenia a mi cargo por orden del General Felipe Angeles villa en el cerro del grillo Cuando tomamos Zacatecas aquella tarde del 23 de junio de 1914 Cumpliendo con mi General Francisco Villa tanto de pedi no se me quiera Gangrenar i aqui hago saber de su paver Bartolo Coronel de Fresnillo Zacatecas 24 Dicimbre 1914

ALFREDO VILCHIS, PINTOR DEL BARRIO

# Ábranse cabrones

Doy Gracias a Nuestra Señora de Guadalupe de seguir con vida y ser el portador de nuestro estandarte del Ejército Zapatista en esta soberana Convención Revolucionaria hasta llegar a la capital entrando a Palacio Nacional por manifiesto de mi general don Emiliano Zapata y el general Francisco Villa siendo aclamados en forma delirante por el pueblo. Hago patente con orgullo esta distinción aquel 6 de diciembre de 1914 y nos proteja a todos los que luchamos en esta Revolución bajo su amparo. General zapatista guadalupano Antonio Barona.

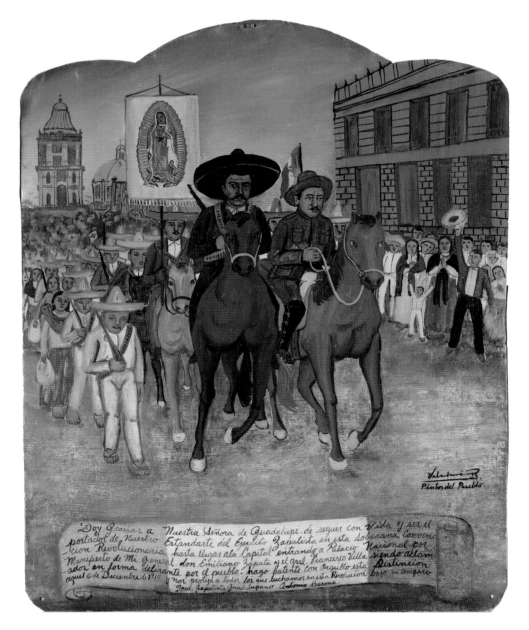

ALFREDO VILCHIS, PINTOR DEL BARRIO

# A mi hijo

Al saver que el Gral. Gustavo. A. Maas Jefe militar responsable de la plasa cobardemente abia abandonado la ciudad Junto con su tropa. Al momento que desenbarcaban los invasores norteamericanos. Por orden de Aureliano Blanquet secretario de guerra de Victoriano Huerta abandonando a los cadetes de la escuela naval que defendia Virgilio Urive con honor. Encomendandonos a la virjen de Guadalupe nos dispusimos a defender esta ofensa junto con ellos. Murieron muchos jarochos. En defensa de la patria. Entre ellos Andres Montes Cruz. Carpintero de oficio. No sin antes dejar estas palabras a su hijo. Aquí a los pies del faro Benito Juares. Veracruz. Aurora Montes. Hijo mio si algun dia. vuelve a repetirse esto que esta pasando ahora. Defiende a tu Patria Como lo estoy haciendo yo tu padre. Andres Montes Veracruz 1914.

Hijo mio
Si algun dia.
vuelve a repetirse
esto que esta pasando
ahora.
Defiende a tu Patria
Como lo estoy
haciendo yo
tu padre.
Andres Montes
Veracruz 1914.

LA CASA DE MODA
SASTRERIA DE MODA ELEGANTE
TRAJES    CAMISAS    CORBATAS,    VESTID

AL SAVER QUE EL GRAL. GUSTAVO.A.MAAS JEFE MILITAR RESPONSABLE DE LA PLASA COBARDEMENTE AB/A ABANDONADO LA
CIUDAD JUNTO CON SU TROPA. AL MOMENTO QUE DESENBARCABAN LOS INVASORES NORTEAMERICANOS. POR ORDEN DE
AURELIANO BLANQUET SECRETARIO DE GUERRA DE VICTORIANO HUERTA. ABANDONANDO A LOS CADETES. DE LA ESCUELA NAVAL
QUE DEFENDIA VIRGILIO URIVE CON HONOR. ENCOMENDANDONOS A LA VIRJEN DE GUADALUPE NOS DISPUSIMOS A DEFENDER ESTA
OFENSA JUNTO CON ELLOS. MURIERON MUCHOS JAROCHOS. EN DEFENSA DE LA PATRIA. ENTRE ELLOS ANDRES MONTES CRUZ. CARPINTERO
DE OFICIO. NO SIN ANTES DEJAR ESTAS PALABRAS A SU HIJO. AQUI A LOS PLES DEL FARO BENITO JUARES. VERACRUZ. AURORA MONTES.

ALFREDO VILCHIS, PINTOR DEL BARRIO

# ¡Qué desgraciados!

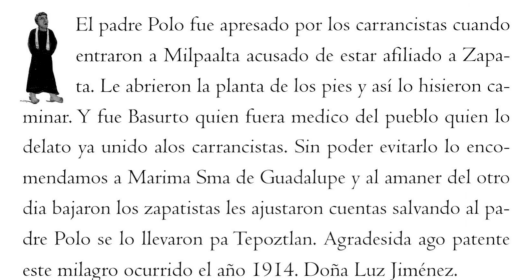 El padre Polo fue apresado por los carrancistas cuando entraron a Milpaalta acusado de estar afiliado a Zapata. Le abrieron la planta de los pies y así lo hisieron caminar. Y fue Basurto quien fuera medico del pueblo quien lo delato ya unido alos carrancistas. Sin poder evitarlo lo encomendamos a Marima Sma de Guadalupe y al amaner del otro dia bajaron los zapatistas les ajustaron cuentas salvando al padre Polo se lo llevaron pa Tepoztlan. Agradesida ago patente este milagro ocurrido el año 1914. Doña Luz Jiménez.

EL PADRE POLO FUE APRESADO POR LOS CARRANCISTAS CUANDO ENTRARON A MILPAALTA ACUSADO DE ESTAR AFILIADO A ZAPATA. LE ABRIERON LA PLANTA DE LOS PIES Y ASI LO HISIERON CAMINAR. Y FUE BASURTO QUIEN FUERA MEDICO DEL PUEBLO QUIEN LO DELATO. YA UNIDO ALOS CARRANCISTAS SIN PODER EVITARLO LO ENCOMENDAMOS A MARIA SMA DE GUADALUPE Y AL AMANER DEL OTRO DIA BAJARON LOS ZAPATISTAS LES AJUSTARON CUENTAS SALVANDO AL PADRE POLO SE LO LLEVARON PA TEPOZTLAN. AGRADESIDA AGO PATENTE ESTE MILAGRO OCURRIDO EL AÑO 1914 DOÑA LUZ JIMENEZ.

ALFREDO VILCHIS, PINTOR DEL BARRIO

# No estaba muerto

Despues de 7 meses de defender la invasion de los marinos norte americanos en la heroica defensa sibil donde murieron muchos jarochos doy grasias que mi hijo Migel Luna salvo la vida por lo que dedico este retablo a la virjen de Guadalupe sintiendome orgullosa por su balor demostrado. Genobeba Bautista biuda de Luna. Diciembre de 1914. Veracruz. Ver. Viva Mexico muera el invasor.

DESPUES DE 7 MESES DE DEFENDER LA INVASION DE LOS
MARINOS NORTE AMERICANOS EN LA HEROICA DEFENSA
SIEIL DONDE MURIERON MUCHOS JAROCHOS DOY GRASIAS
QUE MI HIJO MIGEL LUNA SALVO LA VIDA POR LO QUE DE DICO
ESTE RETABLO A LA VIRJEN DE GUADALUPE SINTIENDOME
ORGULLOSA POR SU BALOR DE MOSTRADO. GENOBEBA BAUTISTA
BINDA DE LUNA. DICIEMBRE DE 1914.    VERACRUZ. VER.
VIVA MEXICO MUERA EL INVASOR.

ALFREDO VILCHIS, PINTOR DEL BARRIO

# Amor en la bola

Dedicamos este retablo a San Antonio Bendito porque ya nos casamos despues de un año de abernos conosido en Xochimilco Juan Bartolo Benia Con Emiliano Zapata y yo con Francisco Villa. desde entonses Jalamos Parejo Juntos en la bola Luchando por la ley Agraria y dignida del campesino viva la revolucion que nos junto Le pedimos nos Proteja porque somos muy Felices ]los dos el es de Anenecuilco y yo Antonia Gutierrez de Parral Chihuahua. 1914-1915 Pintó Vilchis retablero.

dedicamos este retablo a San Antonio Bendito porque ya nos casamos despues de un año de
de abernos conosido en Xochimilco Juan Bartolo Benia Con Emiliano Zapata Y yo Con Francisco Villa.
desde entonses dalamos Parejo Juntos en la bola Luchando por la ley Agraria y dignida del canpesino
VIVA LA REVOLUCION QUE NOS JUNTO Le pedimos nos Proteja porque somos muy Felices los dos
el esde Anenecuilco Y yo Antonia Gutierrez de Parral Chihuahua. 1914·1915   Pinto Vilchis R. retablero.

# Cuando los valientes lloran

Asi yo mire llorar a un valiente ante la tumba de quien fuera nuestro presidente, confirmando su lealtad ala patria con su nomble sentimiento comprendi mi deber como mejicano encomendándome a Dios me boy con Pancho Villa a mi familia les digo adios porque solo Dios save si volvere cuando lean este resen por mi o derramen una lagrima si es que he muerto. Jacinto López "Viva la revolución". México, 1914.

ASI YO MIRE LLORAR A UN VALIENTE ANTE LA TUMBA DE QUIEN FUERA NUES-
-TRO PRESIDENTE. CONFIRMANDO SU LEALTAD ALA PATRIA CON SU NOBLE SENTIMIENTO
CONPRENDI MI DEBER COMO MEJICANO ENCOMENDANDOME ADIOS ME BOY CON PANCHO VILLA
AMIFAMILIA LES DIGO ADIOS PORQUE SOLO DIOS SAVE SI VOLVERE CUANDO LEAN ESTE RESEN POR MI
O DERRAMEN UNA LAGRIMA SI ES QUE HE MUERTO. JACINTO LOPEZ "VIVA LA REVOLUCION." MEXICO 1914.

ALFREDO VILCHIS, PINTOR DEL BARRIO

# La deuda

Por negarme a trabajar sin paga para pagar unas deudas que segun mi finado padre dejo pendientes en la tienda de ralla. de la hacienda de don Eusevio Barajas Apoyado en la dictadura. de don Porfirio Díaz un capatas quiso obligarme con pistola en mano me dio dos balasos en las piernas para escarmiento de los presentes biéndome en dicha desgracia invoque a la Purísima Concepción me diera fuersas pa soportar este dolor y no permitir tantos abusos y defender mi propia Dignidad, haciendo valer el decreto agrario de tierra y libertad, ya quede sano de mis piernas por lo que aqui doy fé del fabor resibido. aquel año de 1915 cuando Tenia 15 años aqui estoy merejildo Rivera Purícima del Rincón Gto. año de 1920.

Por negarme a trabajar sin paga para pagar unas deudas que segun mi finado padre dejo pendientes en la tienda de ralla. de la hacienda de don Eucevio Barajas. Apoyado en la dictadura. de don Porfirio Diaz un capatas quiso obligarme con pistola en mano me dio dos balasos en las piernas para escarmiento delos presentes biendome en dicha desgracia invoque a la Puricima Consepción me diera fuersas pa soportar este dolor y no permitir Tantos abusos y defender mi propia Dignidad. haciendo valer el defeto agrario de tierra y libertad. ya quede sano de mis piernas por lo que aqui doy fé del fabor resibido. aquel año de 1915 Cuando Tenia 15 años aqui estoy merejildo Rivera Puricima del Rincon Gto. año de 1920.

ALFREDO VILCHIS, PINTOR DEL BARRIO

# Nos corrieron de mi tierra

En el mes de Julio de 1915. Cuando bajan los Carrancistas de Tepostlan se corria el rumor que en el pueblo de Amatla abian echo una terrible matason al pasar por milpaAlta. nos jueron a sacar acusandonos de ser partidarios Zapatistas al que se oponia ai mismo lo mataban. ya abian matado casi a todos los hombres del pueblo quemando nuestras casas nos espatriaron a México unas se quedaron en San Gregorio nosotros en Xochimilco dondeisimos tierra con unos cuantos frijoles y mais que trajimos sembramos y asi sobrevivimos tal injusticia encomendándonos al Sto. Sr. De Chalma las gracias le doi por protejernos a mi hijo y a mi Teresa Muñoz y a mi Juvencio lo tenga en su Santa Gloria. porque nunca jue cobarde nos defendio asta el ultimo momento

En el mes de Julio de 1915. Cuando bajan los Carrancistas de Tepostlan se corria el rumor que en el pueblo de Amantla. abian echo una terrible matason al pasar por milpa Alta. nos Jueron a Sacar acusandonos de ser Partidarios Zapatistas. al que se oponia al mismo lo mataban. ya abian matado a casi todos los hombres del pueblo quemando nuestras casas nos espatriaron. a mexico unas se quedaron en San Gregorio nosotros en Xochim-ilco donde isimos tierra Con unos Cuantos frijoles y mais que trajimos Sembramos y asi Sobrevivimos tal injusticia encomendandonos al Sto. Sr. de Chalma las Grasias le doi Por Protejernos a mi hijo y a mi Teresa muños y a mi Juvencio lo tenga en su Santa Gloria. Porque nunca Jue Cobarde nos defendio asta ultimo momento

ALFREDO VILCHIS, PINTOR DEL BARRIO

# Pasó en Celaya

Doi Fe de gratitud al Sto. Señor del ospital de Salamanca porel milagro Consedido al librarme de morir alla en —Celaya- en el mes de abril de 1915. Cuando una granada. le destroso el braso a mi Jeneral Alvaro Obregon yo benia delante del cuando derrotamos a Pancho Villa y su tropa. al darme Cuenta de lo susedido ofrecí mandarle aser este retablo y aqui cumplo porque el cumplio. Melecio Garcia de Salamanca Guanajuato, 31 dicienbre de 1915

Doi Fe de Gratitud al Sto. Señor del ospital de Salamanca por el milagro Consedido al librarme de morir alla en Celaya en el mes de abril de 1915. Cuando una granada le destroso el braso a mi Jeneral Alvaro Obregon yo benia delante del Cuando derrotamos a Pancho villa y su tropa. al darme Cuenta delo susedido ofreci mandarle aser este retablo y aqui cumplo porque el Cumplio. Melecio Garcia de Salamanca guanajuato /// 31 diciembre de 1915. \\\

ALFREDO VILCHIS, PINTOR DEL BARRIO

# Por defender mi tierra

Birgensita de Guadalupe te dedico este retablito que mi pancho no se murio cuando fue golpiado por los gendarmes al oponerse aque nos quemaran nuestras casas lo crelieron Muerto i el pudo jullirse pal monte me disen que anda con don Emiliano Zapata Cuidamelo que apenas es un niño paula contreras de San Miguel topilejo acontesio el mes de Setiembre de 1915.

Pintó IDVL

Birgensita de Guadalupe te dedico este rretablito que mi pancho no
se murio cuando fue golpiado por los gendarmes al oponerse aque nos
quemaran nuestras casas lo creieron Muerto i el pudo jullirse pral monte
me disen que anda con don Emiliano Zapata Cuidamelo que apenas es un niño
paula contrerar de san miguel topilejo acontesio el mes de Setiembre de 1915.

# Arriba las manos

Al saber que yo curaba alos Zapatistas que caian heridos en la Revolución los pelones que comandaba el Malvado Criminal Gra. Pablo Gonzalez. me apresaron para hacerme juicio Mirando que me iban a matar me encomende ala Virgencita y ella me escucho y fui Salvado medico del Puebo Tepoztlal Mor. año 1915 R.R.C.

al saber que yo curaba a los Zapatistas que caían heridos en la
Revolución los pelones que comandaba el Malvado Criminal Gra. Pablo
Gonzalez. me apresaron para hacerme Juicio Mirando que me iba a matar
me encomende a la Virgencita y ella me escucho y fui Salvado. medico del Pueblo Tepoztlál Mor.

# Íncate cabrón

Fui amarrada juntamente con mi hijo cuando entraron los zapatistas ami casa. cuando crei que nos iban a matar implore ala virjencita de Guadalupe y en eso entro uno que se decia el cabesilla energico le ordeno se incara y pidiera perdon a la virjen por tal ofensa porque ellos no matan a mujes y a niños. Respetando nuestras vidas y pertenecias se fueron pal monte Petra Roman pueblo de Chalco novienbre 1915.

FUI AMARRADA JUNTAMENTE CON MI HIJO CUANDO ENTRARON LOS ZAPATISTAS AMI CASA. CUANDO CREI QUE NOS
IBAN A MATAR INPLORE A LA VIRJENCITA DE GUADALUPE Y EN ESO ENTRO UNO QUE SE DECIA EL CABESILLA ENERGICO
LE ORDENO SE INCARA Y PIDIERA PERDON ALA VIRJEN POR TAL OFENSA PORQUE ELLOS NO MATAN A MUJES Y A NIÑOS.
RESPETANDO NUESTRAS VIDAS Y PERTENENCIAS SE FUERON PAL MONTE PETRA ROMÁN PUEBLO DE CHALCO NOVIENBRE 1915.

ALFREDO VILCHIS, PINTOR DEL BARRIO

# Por culero

 Yo Isidoro Garcia. al apóstol Santiago mata moros pido perdón por aber echo Justicia por mi propia mano Con este desgrasiado que una noche al pasar la tropa que Conbatió a Pancho Villa ya borracho Mancillo cobardemente a mi hija una niña de apenas Catorse años matando a mi ansiano Padre al tratar de inpedirlo al llegar y ber tal injusticia jure. aserlo pagar sus fechorias. hay les dejo este paque sepan que sí cunpli mi juramento. yo me boy a la Revolucion ocurrio en el Barrio Santiago Celalla Guanajuato el año 1915.

Yo Isidoro Garcia,
al Apostol Santiago mato moros
pido perdón por aber echo justicia por mi propia mano
con este desgraciado que una noche al pasar la tropa, que Conbatia
a pancho villa ya borracho mancillo Cobardemente a mi hija una niña
de apenas catorse años matando a mi ansiana Padre al tratar de inpedirlo
al llegar y ber tal injusticia, jure, aserlo pagar sus fechorias.
hoy les dejo esto Paque sepan que si Cunpli mi juramento, yo me boy ala Revolución
ocurrio en el barrio Santiago Celaya Guanajuato el año de 1915.

ALFREDO VILCHIS, PINTOR DEL BARRIO

# Mi árbol y yo

Fui obligado criminalmente a trabajar mis propias tierras por los capataces en veneficio de los hacendados que nos las ipotecaron con El Amparo de el Gobierno Tanto implore ala Santísima Virgen de Guadalupe y cansado de tanto abuso me fui con el general Emiliano Zapata quien hiso justicia y pude recuperar mis tierras por medio de la ley agraria. Elpidio Martinez quien hase patente dicho fabor. Cuautla Morelos. 10 de febrero de 1916

FUI OBLIGADO CRIMINALMENTE A TRABAJAR MIS PROPIAS TIERRAS POR LOS CAPATACES EN VENEFICIO DE LOS
HACENDADOS QUE NOS LAS IPOTECARON CON EL AMPARO DE EL GOBIERNO TANTO IMPLORE ALA
SANTISIMA VIRGEN DE GUADALUPE Y CANSADO DE TANTO ABUSO ME FUI CON EL GENERAL EMILIANO ZAPATA
QUIEN HISO JUSTICIA Y PUDE RECUPERAR MIS TIERRAS POR MEDIO DELA LEY AGRARIA. ELPIDIO MARTINEZ
QUIEN HASE PATENTE DICHO FABOR. CUAUTLA MORELOS. 10 de FEBRERO de 1916

ALFREDO VILCHIS, PINTOR DEL BARRIO

# Columbus

Una madrugada del mes de marzo de 1916 Cruzando la frontera de los Estados Unidos con la intención de encontrar al estafador que nos traiciono y de paso le dimos un escarmiento alos gringos en su guarnición prendiendole fuego algunas cosas a Juisio de Pancho Villa. nos sobraba razón porlo de Agua Prieta. y Celaya donde fuimos derrotados por los carrancistas encomendandome a la Virgen de Guadalupe. y armandome de valor y coraje en esta mición al grito de ¡viva Mexico! ¡viva Pancho Villa! salimos de Columbus Nuevo Mexico. orgulloso de mi general. y la tropa.... aqui lo cuento yo Candelario C. devoto Guadalupano. parral chihuahua. Mayo 10 1916

Una madrugada del mes de marzo de 1916 Cruzando la frontera de los EstadosUnidos con la intención de encontrar al estafador que nos traiciona y de, paso le dimos un escarmiento alos gringos en su guarnición prendiendole fuego algunas casas a Juisio de Pancho Villa. nos sobraba razón por lo de Agua Prieta. y Celaya donde fuimos derrotados por los carrancistas encomendandome ala Virgen de Guadalupe. y armandome de valor y coraje en esta mición al grito de¡viva Mexico! ¡viva Pancho Villa! salimos de Colunbus Nuevo Mexico. Orgulloso de mi general y la tropa.... aqui lo cuento yo Candelario C. devoto Guadalupano. Parral Chihuahua. Mayo 10 1916

ALFREDO VILCHIS, PINTOR DEL BARRIO

# Columpiándose

Siendo golpiada yo y mi chilpayate por Suplicar al tirano Pablo Gonzales que no colgara a mi señor y a mi hijo mayor Cai perdida de rason y al cobrar rason los vide Colgados Invoque a la Guadalupana me diera juersas pa bajarlos con vida. y le mandaba aser este ella me lo consedio y aqui juntos benimos a Cumplir mi promesa jullendonos pa Toluca. porque somos jente de bien. Esperansa Tripa Senon. nos acontecio en el pueblode topilejo 15 de junio de 1916.

Siendo golpiada yo y mi chilpayote por Suplicar al tirano Pablo Gonzales que
no colgara a mi señor y a mi hijo mayor Cai perdida de rason y al cobrar rason
los vide Colgadas Invoque a la Guadalupana me diera fuersas pa bajarlos con vida.
y le mandaba a ser este ella me lo consedio y aqui juntos benimos a Cunplir mi
promesa fullendonos pa toluca. porque somos jente de bien Esperansa Triba Senon.
nos acontecio en el pueblo de topileja 15 de Junio de 1916.

ALFREDO VILCHIS, PINTOR DEL BARRIO

# La Leva

 Al Santo Señor de la Columna Por negarme alistarme a la leva me colgaron los pelones y su milagro me libro. Acontesio camino a Guanajuato a 13 de junio de 1917 Manuel Rivera.

al Santo Señor de la Columna
Por negarme al istarme a la leva me colgaron los peones y su Milagro me libro
acontecio camino a Guanajuato a 13 de Junio de 1917 Manuel Rivera

ALFREDO VILCHIS, PINTOR DEL BARRIO

# Y volver, volver, volver

Bendita seas Virjesita de Guadalupe. Que regresamos con vien de la lucha agraria cuiando fuimos a defender nuestras propiedades bajo el lema tierra y livertad al pueblo que nos fueron arrebatadas por un mal govierno que apoyo a los casiques hasendados hasiendolos mas ricos yal capesino mas pobre Elijio Crudo y Romualda Hernandez. Yautepec Morelos 1917

BENDITA SEAS VIRJESITA DE GUADALUPE. QUE REGRESAMOS CON VIEN
DE LA LUCHA AGRARIA CUANDO FUIMOS A DEFENDER NUESTRAS
PROPIEDADES BAJO EL LEMA TIERRA Y LIVERTAD AL PUEBLO QUE NOS
FUERON ARREBATADAS POR UN MAL GOVIERNO QUE APOYO ALOS CASIQUES
HASENDADOS HASIENDOLOS MAS RICOS YAL CAMPESINO MAS POBRE
ELIJIO CRUDO Y ROMUALDA HERNANDEZ. Yautepec Morelos 1917

ALFREDO VILCHIS, PINTOR DEL BARRIO

# Mi Magdalena

Cuando entraron los Zapatistas ala hacienda llegaron hasta mi Cuarto esculcando todo al berme uno de ellos me arranco el bestido obligandome a ponerme Como la mujer del Cuadro. después de mirarme me dijo no tenga miedo asi se be re chula guerita pero solo benimos por comida y las armas que tengan aqui. Cuando se fueron prometi mandarle hacer este retablo a Maria Magdalena. R.P.M.

Cuando entraron los Zapatistas ala hacienda llegaron hasta mi Cuarto esculcando todo al berme uno de ellos me arranco el bestido obligandome a ponerme Como la mujer del Cuadro. despues de mirarme me dija notenga miedo asi se be re Chula guerita pero solo benimospor comida y las armas que tengan aqui. Cuando se fueron Prometi mandarle hacer este retablo a Maria Magdalena. R.P.M.

# Juro que yo no fuí

hago voto de Gratitu a San Ramon Nonato que nunca se dieron cuenta que yo no le dispare al general Emiliano Zapata porque fue una cobardia lo que me ordeno a un hombre como el no se le dispara por la espalda. Cuando sonara el clarín era la señal que ordeno el coronel Jesús Guajardo y asi se cumplio Callendo el y su escolta. en la hacienda de Chinameca de Morelos. el 10 de abril de 1919. 27 mayo 1920 Tepoztlan Morelos. J.M.V.

hago voto de Gratitu
a San Ramon Ronato que nunca
se dieron cuenta que yo no le
dispare al general Emiliano Bapata
porque fue una cobardia lo que me
ordeno a un hombre como el no se
le dispara por la espalda. Cuando
sonara el clarin era la señal que ordeno
el Coronel Jesus Guajardo y asi se cumplia
Callendo el y su escolta en la
hacienda de Chinameca de Morelos.
el 10 de abril de 1919.

27 mayo 1920
tepoztlan Morelos.
J. M. S.

Vilchis
Retablero

ALFREDO VILCHIS, PINTOR DEL BARRIO

# Valiente

Mi hijo Juanito iba a ser pasado por las armas por negarse alistarse a la leva biendo tanta injusticia sus padres lo encomendaron a Maria Santicima de Guadalupe y el capitan Mendiolea le perdono la vida Sorprendido por su valor le firmo un Salvo Conducto Siendo alagados con su Favor le otorgan el precente a la Reina de losmexicanos Ocurrio en el poblado de Guanajuato. en el mes de Octubre de 1919. Pinto A Vilchis retablero del pueblo

mi hijo Juanito iba ser pasado por las armas por negarse alistarse a la leva Biendotanta injusticia sus padres lo encomendaron a Maria Santicimo de Guadalupe y el capitan Mendia lea le perdono la vida Sorprendido por su valor le firma un Salva Conducto Siendo alagados con su favor le Otorganel Precente a la Reina de los Mexicanos Ocurrio en el Poblado de Guanajuato, en el mes de Octubre de 1919. Pinto Vilchis Retablero del pueblo.

# Su última batalla

Por medio del precente doy fé de la muerte del gral. Felipe Angeles quien fuera un gran Militar quien Combatió a Zapatistas lucho contra los reveldes de la Decena Trajica fue preso al quedar en libertad se unio a pancho Villa peleo contra el Gobierno de don Venustiano Carranza alla en las batallas de Torreón y Zacatecas fue aprendido y fucilado Aquí en Chihuahua a 26 de Noviembre de 1919. por gente del gobierno.

por medio del presente doy fé de la muerte del gral. Felipe Angeles quien fuera un gran Militar quien Conbatio a Zapatistas
lucho contra los Rebeldes de la Decena tragica fue preso al quedar en llibertad se unio a pancho Villa peleo contra el Gobierno de don
Venustiano Carranza alla en las batallas de torreon y Zacatecas fue Aprendido y fucilado Aqui en Chihuahua a 26 de Noviembre de 1919
por gente del gobierno Ago plegaria a Nuestra Madre Santicima de Guadalupe se apiade de su alma. Parroco del pueblo.

ALFREDO VILCHIS, PINTOR DEL BARRIO

# ¡Viva Obregón! ¡Muera Carranza!

Ibamos con destino a Veracruz cuando fuimos atacados en la estación de Aljibes abandonamos los trenes porque las vias habian sido dinamitadas por la jente de Obregón, seguimos a caballo por la sierra de puebla eramos casi un centenar de fieles a Carranza cuando encontramos al general Rodolfo Herrero nos condujo a Tlaxcaltongo quesque pa descanzar pero ya para amanecer del 21 de mayo de 1920 se escucharon gritos de "¡Viva Obregón!¡Muera Carranza!" y asi murio aquí doi fé de lo ocurrido....... encomendando su alma a Dios y agradecido que pude jullirme para la sierra. Pedro. G. 21 de mayo 1925.

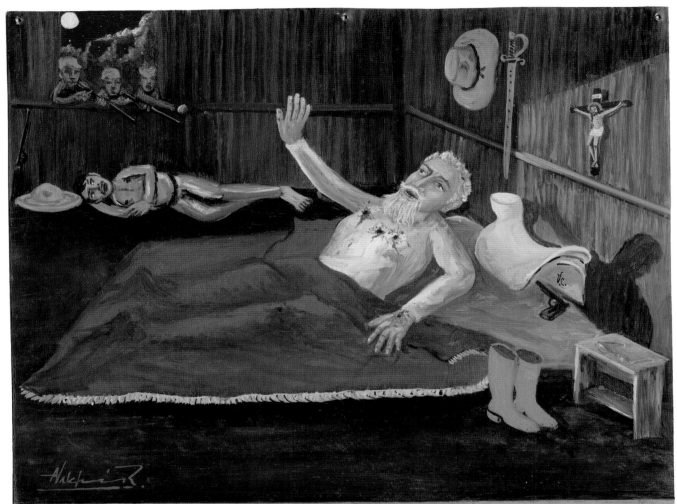

íbamos con destino a Veracruz cuando fuimos atacados en la estación de Aljibes abandonamos los
trenes porque las vías habían sido dinamitadas por la jente de Obregón. seguimos a caballo por la
sierra de puebla eramos casi un centenar de fieles a Carranza. cuando encontramos al general Rodolfo
Herrero nos condujo a Tlaxcaltongo aunque pa descanzar pero ya para amanecer del 21 de mayo de 1920
se escucharon Gritos de "¡Viva Obregón! ¡muera Carranza!" y así murió aqui doi fé de lo ocurrido.......
encomendando su alma a Dios y agradecido que pude pullirme para la sierra. Pedro.G. 21 de mayo 1925.

ALFREDO VILCHIS, PINTOR DEL BARRIO

# Sueños truncados

Al S.S. mm Cristo del Socorro de las Benditas Animas del Purgatorio encomiendo las Almas del general Francisco R. Serrano y sus 13 acompañantes que fueron asesinados cobardemente sin Juicio alguno aquella madrugada del 3 de octubre de 1927 ala orilla de la carretera en el pueblo de Huitzilac. Doy fé de lo acontecido. J.P.M. revolucionario Antirrelecionista Mejico 20-oct-1927. (P.NA).

al S.S.ᵐᵐ Cristo del Socorro de las Benditas Ánimas del Purgatorio encomiendo las Almas del general
Francisco R. Serrano y sus 13 aconpañantes que fueron asesinados cobardemente sin Juicio
alguno aquella madrugada del 3 de octubre de 1927 ala orilla de la carretera en el pueblo de Huitzilac.
doy fé de lo acontecido. J.P.M. revolucionario Antirrelecionista Mejico 20-oct-1927.
(P.N.A).

ALFREDO VILCHIS, PINTOR DEL BARRIO

# Simón Blanco

Cuando regresabamos de traer Leña del ajusco Fui golpiado y colgado por los federal que benian buscando a simon blanco alno darles rason de el al darme por muerto se fueron Lupe corrio a cargarme y mi hijo Fabian desato la riata suplicando plegarias al Santo Señor de Chalma por que estubiera vivo ofreciendo mandarl hacer este retablito yaquiestoy vivito y coliando para cunplir lo prometido Caminando venimos a darle las mas Infinitas Gracias con todo lo sucedido aunos fieles devotos para que cresca la fe a ti Bendito seas Señor de Chalma. Juventino Corral. Pueblo de Contreras Mxo.

Cuando regresabamos de traer Leña del ajusco fui Golpiado y colgado por los Federales que benian busqando a Simon Blanco alno darles razón de el al dar me por muerto se fueron Lupe Corrio a cargar me y mi hijo Fabian lleso to la ria ta Suplicando plegarias al Santo Señor de Chalma parque estubiera vivo Ofreciendo Mandarle hacer este retablito yaquies toy vivito y coliando Para cunplir lo prometido Caminando venimos a darte las mas Infinitas Gracias Contando lo susedido a unos Fieles devotos para que Cresca la fe a ti Bendito Seas Señor de Chalma. Juventino Correal.        Pueblo de contreras mxo.

( pintó Alfreds. r. pintor del Barrio )

ALFREDO VILCHIS, PINTOR DEL BARRIO

# Sólo Dios y la historia

Ofresco este retablo ala Sma. Trinidad para que resiva en su gloria al Padre Miguel Agustin Pro que fue asesinado injustamente fue llebado al paredon Junto a Luis Segura Vilchis quien se atribuia elantentado contra el general Alvaro Obregon fueron aprendidos y fucilados sin proseso alguno por el gobierno Callista. el 23 de de noviembre de 1927. Solo Dios y la historia sabra Jusgarlos. Tacubaya Mexico J.R.M. catolica de Corazón.

Ofresco este retablo a la Sma. Trinidad para que resiva en su gloria al Padre Miguel Agustin Pro que fue asesinado injustamente fue llebado al paredon Junto a Luis segura Vilchis quien se atribuia el atentado contra el general Alvaro Obregon fueron aprendidos y fucilados sin proseso alguno por el gobierno Callista. el 23 de noviembre de 1927. Solo Dios y la historia Sabra Jusgarlos. Tacubaya Mexico J.R.M. Catolica de Corazón.

ALFREDO VILCHIS, PINTOR DEL BARRIO

# Trágico retrato

Aquel trajico dia martes 17 de Julio de 1928 cuando atendia un gran banquete en honor del presidente electo Alvaro Obregon en el restauran la bombilla atraido por la curiosidad que le mostraba unos dibujos asi lo mire a León Toral darle muerte despues del susto enconmende su alma a Cristo Rey. Y Perdonara aquel joven porque solo Dios y el saben porque lo hizo. Jesus Cristobal. Mesero del lugar Puebla de San Anjel México

Aquel trajico dia martes 17 de Julio de 1928, cuando atendia un granbanquete en honor del presidente electo Alvaro Obregon en el restauran la bombilla atraido por la curiosidad que le mostraba unos divujos asi lo mire a León Toral darle muerte despues del susto encomende su alma a Cristo Rey. y Perdonara aquel joven porque solo Dios y el saben porque lo hizo. Jesus Cristobal. mesera del lugar          pueblo de San Angel Mexico

ALFREDO VILCHIS, PINTOR DEL BARRIO

# Índice

# Índice

✢  Salvo que se indique lo contrario el autor de los exvotos es Alfredo
   Vilchis.  Todos fueron pintados en óleo sobre lámina.

❁  Hugo Alfredo Vilchis

❖  Daniel Alonso Vilchis

❂  Luis Ángel Vilchis

Virgencita de Guadalupe madre de los mexicanos por conducto de este
ex-voto agradesco tu fabor de encontrarme por estos caminos del arte con
estas personas que confiaron en mi obra invitandome a su proyecto realisando
con tanta ilución este maravilloso libro "La Revolución imaginada". y aqui juntos
Karen, Daniel Goldin, Conrrado Tostado y Alfredo Vilchis tu fiel y humilde devoto
Agradecidos te pedimos Bendise nuestro Trabajo. minas de Cristo México D.F., Julio-2005.

**DATE DUE**

| | | | |
|---|---|---|---|
| | | | |
| | | | |
| | | | |
| | | | |
| | | | |
| | | | |
| | | | |
| | | | |
| | | | |
| | | | |
| | | | |
| | | | |

2-16

# Life Under the Sea
# Jellyfish
by Cari Meister

Bullfrog Books

# Ideas for Parents and Teachers

Bullfrog Books let children practice reading informational text at the earliest reading levels. Repetition, familiar words, and photo labels support early readers.

## Before Reading

- Ask the child to think about jellyfish. Ask: What do you know about jellyfish?

- Look at the picture glossary together. Read and discuss the words.

## Read the Book

- "Walk" through the book and look at the photos. Let the child ask questions. Point out the photo labels.

- Read the book to the child, or have him or her read independently.

## After Reading

- Prompt the child to think more. Ask: How is a jellyfish like other fish? How is it different?

Bullfrog Books are published by Jump!
5357 Penn Avenue South
Minneapolis, MN 55419
www.jumplibrary.com

Library of Congress Cataloging-in-Publication Data

Meister, Cari, author.
  Jellyfish / by Cari Meister.
    pages cm. — (Life under the sea)
  Summary: "This photo-illustrated book for early readers tells about the physical features of jellyfish and how it catches food without a brain or being able to see. Includes picture glossary" — Provided by publisher.
  Audience: Ages 5 to 8.
  Audience: K to grade 3.
  Includes bibliographical references and index.
  ISBN 978-1-62031-098-4 (hardcover) —
  ISBN 978-1-62496-165-6 (ebook)
1. Jellyfishes — Juvenile literature. I. Title.
II. Series: Bullfrog books. Life under the sea.
  QL377.S4
  593.5'3—dc23
                                    2013039880

Series Editor: Rebecca Glaser
Series Designer: Ellen Huber
Book Designer: Anna Peterson
Photo Researcher: Kurtis Kinneman

Photo Credits: All photos by Shutterstock except: ImageBroker/FLPA, 20–21; iStock, 1, 10–11; NHPA/SuperStock, 7

Printed in the United States of America at Corporate Graphics, in North Mankato, Minnesota.
3-2014
10 9 8 7 6 5 4 3 2 1

# Table of Contents

# Not a Fish

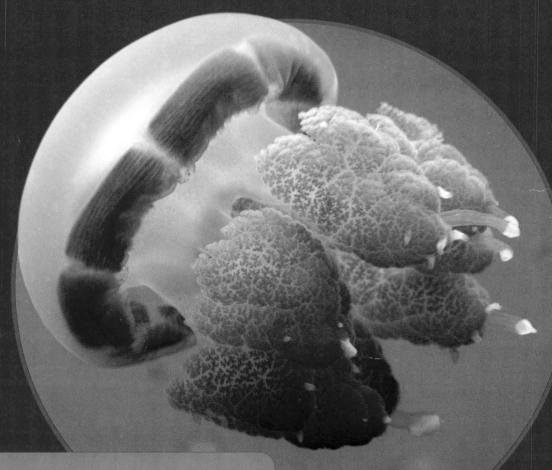

## What is that?

**A jellyfish!**

Jellyfish are not fish.

Fish have bones.

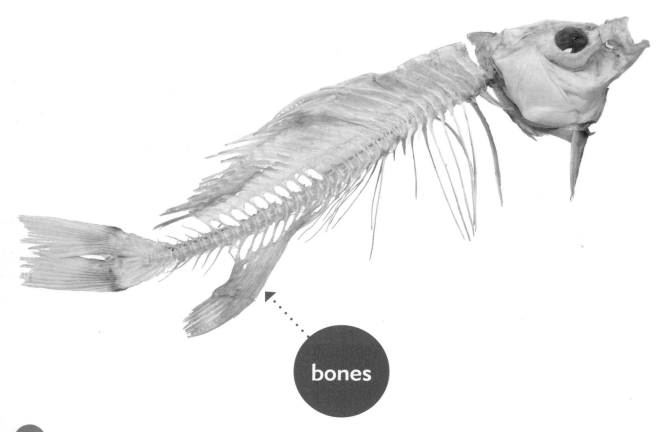

bones

**Jellyfish do not.**

Some jellyfish are clear.

They are hard to see.

A jellyfish does not have a brain.

It does not think.

It does not hear.

It does not see.

How does it eat?

# A jellyfish has tentacles.

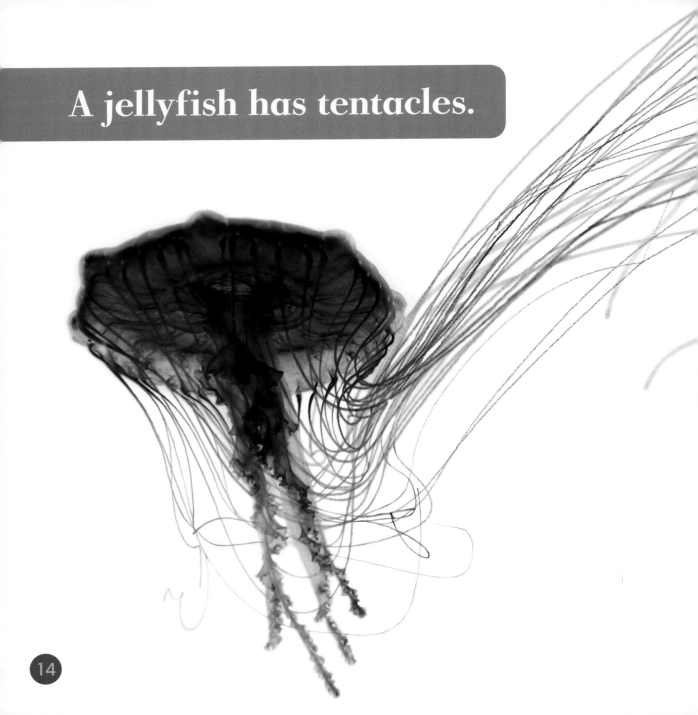

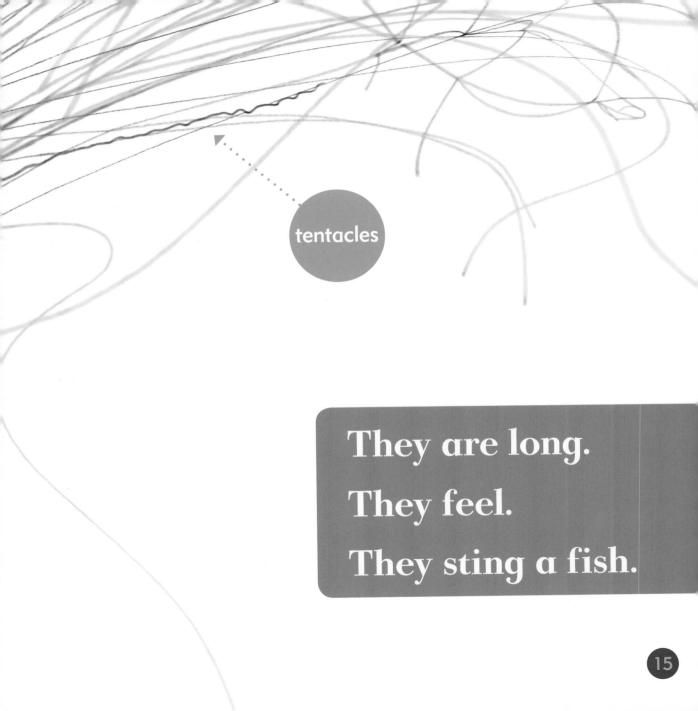

tentacles

They are long.

They feel.

They sting a fish.

A jellyfish has arms, too.

It grabs a blue fish.

It eats.

Yum!

arm

17

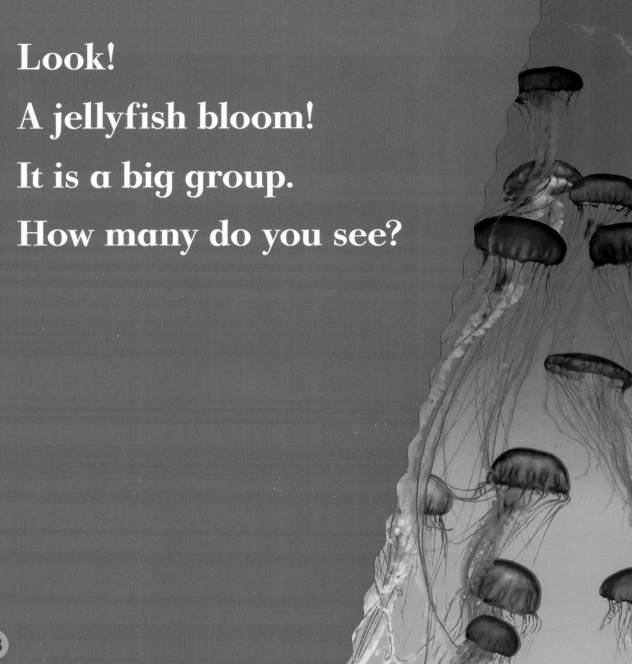

Look!
A jellyfish bloom!
It is a big group.
How many do you see?

Wow!
That one is big!

It is a lion's mane jellyfish.
It is bigger than you!

# Parts of a Jellyfish

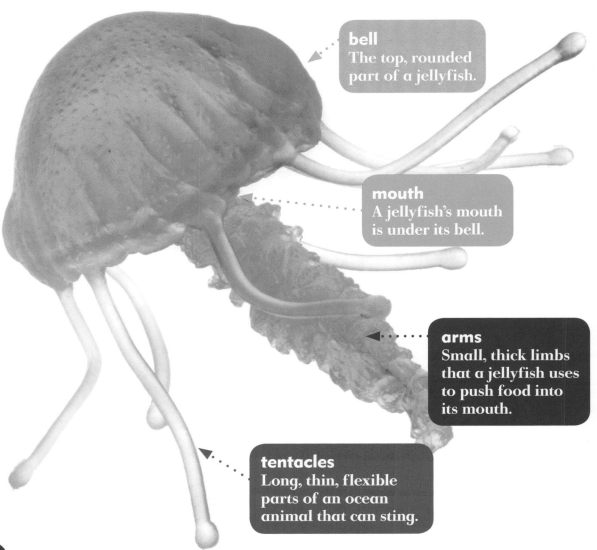

**bell**
The top, rounded part of a jellyfish.

**mouth**
A jellyfish's mouth is under its bell.

**arms**
Small, thick limbs that a jellyfish uses to push food into its mouth.

**tentacles**
Long, thin, flexible parts of an ocean animal that can sting.

# Picture Glossary

**bloom**
A large group of jellyfish.

**brain**
An organ in the head that controls thinking and feeling.

**bone**
One of the hard, white parts that make up a skeleton.

**clear**
Easy to see through to the other side.

# Index

# To Learn More

Learning more is as easy as 1, 2, 3.

1) Go to www.factsurfer.com

2) Enter "jellyfish" into the search box.

3) Click the "Surf" button to see a list of websites.

With factsurfer.com, finding more information is just a click away.